想 象 之 外 · 品 质 文 字

北京领读文化传媒有限责任公司　出品

佛佛道道

陈平原 编　　许地山 周作人 丰子恺 等 著

北京时代华文书局

图书在版编目（CIP）数据

佛佛道道 / 陈平原编 . —北京：北京时代华文书局，
2018.5

ISBN 978-7-5699-2342-1

Ⅰ . ①佛… Ⅱ . ①陈… Ⅲ . ①散文集 - 中国 - 现代②
散文集 - 中国 - 当代 Ⅳ . ① I266

中国版本图书馆 CIP 数据核字 (2018) 第 070831 号

佛佛道道
FOFODAODAO

编　　者｜陈平原
著　　者｜许地山　周作人　丰子恺 等

出 版 人｜王训海
选题策划｜领读文化
责任编辑｜孟繁强
装帧设计｜领读文化
责任印制｜刘　银

出版发行｜北京时代华文书局 http://www.bjsdsj.com.cn
　　　　　北京市东城区安定门外大街 136 号皇城国际大厦 A 座 8 楼
　　　　　邮编：100011　电话：010-64267955　64267677
印　　刷｜北京金特印刷有限责任公司
　　　　　（如发现印装质量问题，请与印刷厂联系调换）
开　　本｜880mm×1230mm　1/32　印　张｜7.75　字　数｜148千字
版　　次｜2018 年 6 月第 1 版　印　次｜2018 年 6 月第 1 次印刷
书　　号｜ISBN 978-7-5699-2342-1
定　　价｜49.80 元

| 再 记 |

　　转眼间，十三年过去了。眼看复旦大学版"漫说文化丛书"售罄，"领读文化"的康君再三怂恿，希望重刊这套很有意义的小书。

　　只要版权问题能解决（此次重刊，删去个别版权无法落实的），让旧书重新焕发青春，何乐而不为？更何况，康君建议请专业人士朗读录音，转化为二维码，随书付印，方便通勤路上或厨房里忙碌的诸君随时倾听。

　　某种意义上，科技正在改变国人的阅读习惯，一个明显的例子，便是"听书"成了时尚。对于传统中国文人来说，这或许是一种新的挑战。可对于现代中国散文来说，却是歪打正着。因为，无论是胡适的"国语的文学，文学的国语"，还是周作人的"有雅致的白话文"，抑或叶圣陶的主张"作文"如"写话"，都是强调文字与声音的紧密联系。

不仅看起来满纸繁花，意蕴宏深，而且既"上口"，又"入耳"，兼及声调和神气，这样的好文章，在"漫说文化丛书"中比比皆是。

如此说来，"旧酒"与"新瓶"之间的碰撞与对话，很可能产生绝妙的奇幻效果。

2018年3月21日于京西圆明园花园

| 序 |

陈平原

　　据说，分专题编散文集我们是始作俑者，而且这一思路目前颇能为读者接受，这才真叫"无心插柳柳成荫"。当初编这套丛书时，考虑的是我们自己的趣味，能否畅销是出版社的事，我们不管。并非故示清高或推卸责任，因为这对我们来说纯属"玩票"，不靠它赚名声，也不靠它发财。说来好玩，最初的设想只是希望有一套文章好读、装帧好看的小书，可以送朋友，也可以搁在书架上。如今书出得很多，可真叫人看一眼就喜欢，愿把它放在自己的书架上随时欣赏把玩的却极少。好文章难得，不敢说"野无遗贤"，也不敢说入选者皆"字字珠玑"，只能说我们选得相当认真，也大致体现了我们对20世纪中国散文的某些想法。"选家"

之事，说难就难，说易就易，这点如鱼饮水，冷暖自知。

记得那是1988年春天，人民文学出版社约我编林语堂散文集。此前我写过几篇关于林氏的研究文章，编起来很容易，可就是没兴致。偶然说起我们对20世纪中国散文的看法，以及分专题编一套小书的设想，没想到出版社很欣赏。这样，1988年暑假，钱理群、黄子平和我三人，又重新合作，大热天闷在老钱那间10平方米的小屋里读书，先拟定体例，划分专题，再分头选文；读到出乎意料之外的好文章，当即"奇文共欣赏"；不过也淘汰了大批徒有虚名的"名作"。开始以为遍地黄金，捡不胜捡；可沙里淘金一番，才知道好文章实在并不多，每个专题才选了那么几万字，根本不够原定的字数。开学以后又泡图书馆，又翻旧期刊，到1989年春天才初步编好。接着就是撰写各书的前言，不想随意敷衍几句，希望能体现我们的趣味和追求，而这又是颇费斟酌的事。一开始是"玩票"，越做越认真，变成撰写20世纪中国散文史的准备工作。只是因为突然的变故，这套小书的诞生小有周折。

对于我们三人来说，这迟到的礼物，最大的意义是纪念当初那愉快的学术对话。就为了编这几本小书，居然"大动干戈"，脸红耳赤了好几回，实在不够洒脱。现在回想起来，确实有点好笑。总有人问，你们三个弄了大半天，就编了这几本小书，值得吗？我也说不清。似乎做学问有时也得讲兴致，不能老是计算"成本"和"利润"。惟一有点遗憾的是，书出得不如以前想象的那么好看。

这套小书最表面的特征是选文广泛和突出文化意味，而其根本则是我们对"散文"的独特理解。从章太炎、梁启超一直选到汪曾祺、贾平凹，这自然是与我们提出的"20世纪中国文学"概念密切相关。之所以选入部分清末民初半文半白甚至纯粹文言的文章，目的是借此凸现20世纪中国散文与传统散文的联系。鲁迅说五四文学发展中"散文小品的成功，几乎在小说戏曲和诗歌之上"（《小品文的危机》），原因大概是散文小品稳中求变，守旧出新，更多得到传统文学的滋养。周作人突出明末公安派文学与新文学的精神联系（《杂拌儿跋》和《中国新文学的源流》），反对将五四文学视为欧美文学的移植，这点很有见地。但如以散文为例，单讲输入的速写（Sketch）、随笔（Essay）和"阜利通"（Feuilleton）固然不够，再搭上明末小品的影响也还不够；魏晋的清谈，唐末的杂文，宋人的语录，还有唐宋八大家乃至"桐城谬种选学妖孽"，都曾在本世纪的中国散文中产生过遥远而深沉的回音。

面对这一古老而又生机勃勃的文体，学者们似乎有点手足无措。五四时输出"美文"的概念，目的是想证明用白话文也能写出好文章。可"美文"概念很容易被理解为只能写景和抒情；虽然由于鲁迅杂文的成就，政治批评和文学批评的短文，也被划入散文的范围，却总归不是嫡系。世人心目中的散文，似乎只能是风花雪月加上悲欢离合，还有一连串莫名其妙的比喻和形容词，甜得发腻，或者借用徐志摩的话："浓得化不开"。至于学者式重知识重趣味的疏淡的闲话，有点苦涩，有点清幽，虽不大容易为入世未深的青年所欣赏，却更得中国古代散文的神韵。不只是逃避过分华丽的辞藻，也不只是落笔时的自然大方，这种雅致与潇洒，更多的是一种心态、一种学养，一种无以名之但确能体会到的"文化味"。比起小说、诗歌、戏剧来，散文更讲浑然天成，更难造假与敷衍，更依赖于作者的才情、悟性与意趣——因其"技术性"不强，很容易写，但很难写好，这是一种"看似容易成却难"的文体。

选择一批有文化意味而又妙趣横生的散文分专题汇编成册，一方面是让读者体会到"文化"不仅凝聚在高文典册上，而且渗透在日常生活中，落实为你所熟悉的一种情感，一种心态，一种习俗，一种生活方式；另一方面则是希望借此改变世人对散文的偏见。让读者自己品味这些很少写景"也不怎么"抒情"的"闲话"，远比给出一个我们认为准确的"散文"定义更有价值。

当然，这只是对20世纪中国散文的一种读法，完全可以有另外的眼光另外的读法。在很多场合，沉默本身比开口更有力量，空白也比文字更能说明问题。细心的读者不难发现我们淘汰了不少名家名作，这可能会引起不少人的好奇和愤怒。无意故作惊人之语，只不过是忠实于自己的眼光和趣味，再加上"漫说文化"这一特殊视角。不敢保证好文章都能入选，只是入选者必须是好文章，因为这毕竟不是以艺术成就高低为惟一取舍标准的散文选。希望读者能接受这有个性有锋芒因而也就可能有偏见的"漫说文化"。

1992年9月8日于北大

扫一扫，
收听有声版♫

| 附 记 |

旧书重刊,是大好事,起码证明自己当初的努力不算太失败。十五年后翩然归来,依照惯例,总该有点交代。可这"新版序言",起了好几回头,全都落荒而逃。原因是,写来写去,总摆脱不了十二年前那则旧文的影子。

因为突然的情事变故,这套书的出版略有耽搁——前五本刊行于1990年,后五本两年后方才面世。以当年的情势,这套无关家国兴亡的"闲书",没有胎死腹中,已属万幸。更让我们感到欣慰的是,这十册小书出版后,竟大获好评,获得首届(1992)新闻出版署直属出版社优秀图书选题一等奖。我还因此应邀撰写了这则刊登在1992年11月18日《北京日报》

上的《漫说"漫说文化"》。此文日后收入湖南教育出版社版《漫说文化》（1997）和北京大学出版社版《二十世纪中国文学三人谈·漫说文化》（2004），流传甚广。与其翻来覆去，车轱辘般说那么几句老话，还不如老老实实地引入这则旧文，再略加补正。

丛书出版后，记得有若干书评，多在叫好的同时，借题发挥。这其实是好事，编者虽自有主张，但文章俱在，读者尽可自由驰骋。一套书，能引起大家的阅读兴趣，让其体悟到"另一种散文"的魅力，或者关注"日常"与"细节"，落实"生活的艺术"，作为编者，我们于愿足矣。

这其中，惟一让我们很不高兴的是，香港勤＋缘出版社从人民文学出版社购得该丛书版权，然后大加删改，弄得面目全非，惨不忍睹。刚出了一册《男男女女》，就被我们坚决制止了。说来好笑，虽然只是编的书，也都像对待自家孩子一样，不希望被人肆意糟蹋。

也正因此，每当有出版社表示希望重刊这套丛书时，我们的要求很简单：保持原貌。因为，这代表了我们那个时候的眼光与趣味，从一个侧面凸现了神采飞扬的八十年代，其优长与局限具有某种"史"的意义。很感谢复旦大学出版社，除了体谅我们维护原书完整性的苦心，还答应帮助解除人文版印刷不够精美的遗憾。

2005年4月13日于京西圆明园花园

| 导 读 |

陈平原

一

　　要谈中国人的宗教意识，当然必须佛、道并举。可有趣的是，在二十世纪的中国，谈佛教的散文小品甚多，而谈道教的则少得可怜。尽管放宽了尺度，仍然所得无几。弘法的不说，单是写宗教徒的，前者有追忆八指头陀、曼殊法师和弘一法师的若干好文章，后者则空空如也。二十世纪的中国文人何其厚佛而薄道！

　　或许这里得从晚清的佛学复兴说起。真正对整个思想文化界起影响的，不是杨文会等佛学家的传道，而是康有为、梁启超、谭嗣同、章太炎等政治家的"以己意进退佛学"。提倡学佛是为了"去畏死心"，"去拜金心"，创造"舍身救世"、"震动奋厉而雄强刚猛"的新民，并寻求自我解放，获得大解脱大自在大无畏的绝对自由。用章太炎的话来概括就是："要用宗教发起信心，增进国民的道德。"佛教救国论对"五四"作家有很大影响，鲁迅、周作人等人批判儒家，也批判道教，可就是不批判佛教，甚至颇有喜读佛经者。一方面是以佛学反正统观念，一方面是借佛学理解西方思想（如自由、平等、博爱）。尽管此后很多政治家、文学家自认找到新的更有效的思想武器，可对佛学仍甚有感情。

相比起来，道教的命运可就惨多了。在二十世纪中国的思想文化界，道教几乎从来没有出过风头。二三十年代鲁迅、许地山、周作人曾分别从思想史、宗教史、文学史角度，论证道教对中国人性格和中国文化发展趋向的深刻影响，也只不过是持批判的态度。鲁迅《小杂感》中有段话常为研究者所引用："人往往憎和尚，憎尼姑，憎回教徒，憎耶教徒，而不憎道士。懂得此理者，懂得中国大半。"至于何以中国人不憎道士而憎恶其他宗教徒，鲁迅并没展开论述。不过从二、三十年代作家们的只言片语中，大体可猜出其中奥秘。首先，道教是真正的中国特产，影响于下层人民远比佛教大。老百姓往往是佛道不分，以道解佛，而民间的神仙、禁忌也多与道教相关。其次，佛教、耶教都有相当完整且严谨的理论体系，道教的理论则显得零散而不完整，且含更多迷信色彩。再次，佛教徒讲斋戒、讲苦行、不近女色，而道教徒虽也讲虚静，但更讲采阴补阳、长生不老。如此不讲苦行的理论，自然容易获得中国一般老百姓的欢迎。最后，佛教讲求舍身求法，普渡众生，而道教讲白日飞升，追求自己长生，未免显得更重实利。如此分辨佛道，不见得精确；可对于揭露国民劣根性并致力于改造国民灵魂的这一代作家来说，抓住道教做文章确是用心良苦的。

只是这么一来，道教也就与二十世纪中国的散文小品基本无缘了，这未免有点可惜。对于道教，二、三十年代有过正襟危坐的学术论文，也有过热讽冷嘲的片纸只字，可就缺少雍容自如的散文小品。至于五十年代以后，宗教几成"瘟疫"，避之唯恐不及，作家们哪里还有雅兴谈佛说道？奇怪的是，近年学术界为宗教"平反"，作家们何以还是多谈佛而少论道？或许，随着气功的重新崛起，道教将重返文坛也未可知。只是在本选集中，道教明显处于劣势。

二

　　文人学佛与和尚学佛着眼点自是不同，没有那么多"理解的执行不理解的也执行"的盲信，而更喜欢刨根问底探虚实。单是嘲笑和尚不守教规出乖露丑，那说明不了任何问题。无论何时何地何宗何派，总有滥竽充数的"吃教者"，非独佛教然。何况佛家对此颇有自觉，《梵网经》即云："如狮子身中虫自食狮子肉，非余外虫。如是，佛子自破佛法，非外道天魔能破坏。"佛子流品不一，可这无碍于佛法之如日中天普照人间。唐宋以来，小说、戏曲中嘲弄和尚的作品多矣，可文人读佛的热情并未消退，理由是"信佛不信僧"。这并非骂尽天下和尚，而是强调佛教作为一种理论体系的独立价值。如此读佛，方能见出佛教的伟大处。

　　许地山用诗一般的语言表达佛家的根本精神"慈悲"："我愿你作无边宝华盖，能普荫一切世间诸有情。"（《愿》）丰子恺则明确表示鄙视那些同佛做买卖，靠念佛祈求一己幸福的"信徒"，理由是"真正信佛，应该理解佛陀四大皆空之义，而屏除私利；应该体会佛陀的物我一体，广大慈悲之心，而护爱群生"（《佛无灵》）。《大智度论》称"大慈与一切众生乐，大悲拔一切众生苦"，这一佛教的真精神并非为所有学人所接受，起码批评佛教为消极出世者就不这么看。而在弘一法师看来，佛教"不唯非消极，乃是积极中之积极者"，因为大乘佛法皆说空与不空两方面，"不空"为救世，"空"为忘我（《佛法十论略释》）。曼殊法师一九一三年为配合革命党人二次革命而发表的《讨袁宣言》，以及弘一法师抗日战争中提出的口号"念佛必须救国，救国不忘念佛"，即可作为佛教徒"不空"的例证。你可以怀疑"念佛救国"的实际效果，却不应该指责其"消极出世"。当然，佛教徒追求的本来就是一种精神价值，最多也不过是欲挽救今日之世道人心，不可能有什么"立竿见影"般的实际效果。

俗人中善读佛经的莫过于周作人了。这里除了学识与洞察力外，更主要的是一种宽容的心态和寻求理解的愿望。在常人看来，佛教的戒律无疑是繁琐而又枯燥无味，连大小便和劈柴吐口水都有如此详细的规定；而周作人则从中读出佛教的伟大精神：所有的规定都合于人情物理。最能体现这一点的莫过于"莫令余人得恼"六个字（《读戒律》）。至于最容易引起误解的斋戒，周作人也从《梵网经》中得到启示："我以为菜食是为了不食肉，不食肉是为了不杀生，这是对的，再说为什么不杀生，那么这个解释我想还是说不欲断大慈悲佛性种子最为得体，别的总说得支离。"（《吃菜》）这一点丰子恺的见解与周作人最为相近，尽管丰本人是曾作《护生画集》的居士，且因生理原因而吃素。"我的护生之旨是护心，不杀蚂蚁非为爱惜蚂蚁之命，乃为爱护自己的心，使勿养成残忍。"（《佛无灵》）只要真能护心，吃素吃荤实为小事。若过分钻牛角尖，只吃没有雄鸡交合而生的蛋，不养会吃老鼠的猫，那不只迂腐可笑，失却佛学本旨，而且类推到底，非饿死不可，因植物也有生命。民初作家程善之就写过一篇题为《自杀》的小说，写接受近代科学知识的佛教徒因了悟水中布满微生物，为不杀生只好自杀。

谈到佛教，总让人很自然联想起古寺和钟声。比起和尚来，古寺钟声似乎更接近佛学精义。文人可能嘲讽专吃菩萨饭的大小和尚，可对横亘千年回荡寰宇的古寺钟声却不能不肃然起敬。徐志摩惊叹："多奇异的力量！多奥妙的启示！包容一切冲突性的现象，扩大霎那间的视域，这单纯的音响，于我是一种智灵的洗净。"（《天目山中笔记》）如果嫌徐氏的感慨过于空泛，那么请读汪曾祺记承天寺的《幽冥钟》。幽冥钟是专门为难产血崩死去的妇人而撞的，"钟声撞出一个圆环，一个淡金色的光圈。地狱里受难的女鬼看见光了。她们的脸上现出了欢喜"。并非所有的钟都如承天寺的幽冥钟,乃"女性的钟,母亲的钟";可钟声似乎沟通了人间与地狱、实在与虚无、安生与超越,比起有字的经书来更有感召力。

三

僧人流品不一,有可敬也有不可敬。最为世人所诟病的"专吃菩萨饭"的和尚,其实也坏不到哪里去。就看你怎么理解宗教徒了。苏曼殊的不僧不俗亦僧亦俗至今仍为人所称羡,不只是其浪漫天性,其诗才,更因其对宗教的特殊理解。至于龙师父这样"剃光头皮的俗人",一经鲁迅描述,也并不恶俗,反因其富有人情味而显得有点可爱(《我的第一个师父》)。写和尚而不突出渲染色空观念,却着意表现其世俗趣味(首先是人,其次才是宗教徒),这种创作倾向贯串于废名的《火神庙的和尚》、老舍的《正红旗下》和汪曾祺的《受戒》等一系列小说。这种既非高僧也非恶和尚的普通僧人的出现,使得二十世纪中国作家对人性、对宗教的本质有了进一步的了解。只可惜好多作家转而拜倒在弗洛伊德门下,一门心思发掘僧人的性变态,这又未免浅俗了些。

有趣的是，围绕着一代高僧弘一法师，出现了一批很精采的散文。一般来说，高僧不好写，或则因过份崇拜而神化，或则因不了解而隔靴搔痒。作为现代话剧运动和艺术教育的先驱，弘一法师披剃入山前有不少文艺界的朋友，而且俗圣生活的距离，并没有完全切断他们之间的联系。弘一法师可以说是二十世纪中国最为文人所了解的僧人，这就难怪几十年来关于弘一法师的纪念文章层出不穷，且不少甚为可读。

　　五四新文学作家中具有"隐逸性"的远不只废名、许地山、夏丏尊、丰子恺等三五人；周作人五十自寿诗引起的一大批"袈裟"，并非只是逢场作戏。俞平伯《古槐梦遇》中有这么一句妙语："不可不有要做和尚的念头，但不可以真去做和尚。"亦处亦出、亦僧亦俗的生活态度，既为中国文人所欣赏，又为中国文人所讥笑——讥笑其中明显的矫情。1936年郁达夫拜访弘一法师后，曾作诗表白自己矛盾的心态："中年亦具逃禅意，两道何周割未能。"对照其小说，郁达夫并没有说谎。而据丰子恺称，夏丏尊十分赞赏李叔同（弘一法师）的行大丈夫事，只因种种尘缘牵阻，未能步其后尘，一生忧愁苦闷皆源于此（《悼夏丏尊先生》）。也就是说，弘一法师以其一贯的认真决绝态度，把文人潜藏的隐逸性推到极端，抛弃不僧不俗的把戏，完全割断尘缘皈依我佛。就像俞平伯所说的，"假如真要做和尚，就得做比和尚更和尚的和尚"（《古槐梦遇》）。这一点令作家们感到震惊和惭愧。因而不管是否信仰佛教，他们对弘一法师学佛的热情和信念都表示尊重和敬畏。即使像柳亚子这样以为"闭关谢尘网，吾意嫌消极"的革命诗人，也不能不为其"殉教应流血"的大雄大无畏所感动。

不见得真的理解弘一法师的佛学造诣，也不见得真的相信弘一法师弘扬律宗的价值，作家们主要是把他作为"真正的人"，一个学佛的朋友来看待的。弘一法师之所以值得尊敬，不在于他是否能救苦救难，而在于他找到了一种属于自己的生活方式，尝到了生活的别一番滋味。夏丏尊反对说弘一法师为了什么崇高目的而苦行，"人家说他在受苦，我却要说他是享乐"。在他，世间几乎没有不好的东西，就看你能否领略。"对于一切事物，不为因袭的成见所缚，都还他一个本来面目，如实观照领略，这才是真解脱，真享乐。"（《〈子恺漫画〉序》）而叶圣陶则从另一个角度来理解弘一法师的自然平静如"春原上一株小树"。不管信教与否，人生不就希望达到"春满""月圆"的境界吗？弘一法师"一辈子'好好的活'了，到如今'好好的死'了，欢喜满足，了无缺憾"(《谈弘一法师临终偈语》)。没有实在的功绩，也不讲辉煌的著述，只是一句"华枝春满，天心月圆"，这在世人看来未免不够伟大，可这正是佛家的人生境界。学佛能进到这步田地，方才不辜负"悲欣交集"数十载。

一九八九年四月十七日于畅春园

扫一扫，
♫ 收听有声版

目　录
contents

惟 心

梁启超

　　境者，心造也。一切物境皆虚幻，惟心所造之境为真实。同一月夜也，琼筵羽觞，清歌妙舞，绣帘半开，素手相携，则有余乐；劳人思妇，对影独坐，促织鸣壁，枫叶绕船，则有余悲。同一风雨也，三两知己，围炉茅屋，谈今道古，饮酒击剑，则有余兴；独客远行，马头郎当，峭寒侵肌，流潦妨毂，则有余闷。"月上柳梢头，人约黄昏后"，与"杜宇声声不忍闻，欲黄昏，雨打梨花深闭门"，同一黄昏也，而一为欢愵，一为愁惨，其境绝异。"桃花流水杳然去，别有天地非人间"，与"人面不知何处去，桃花依旧笑春风"，同一桃花也，而一为清净，一为爱恋，其境绝异。"舳舻千里，旌旗蔽空，酾酒临江，横槊赋诗"，与"浔阳江头夜送客，枫叶荻花秋瑟瑟。主人下马客在船，举酒欲饮无管弦"，同一江也，同一舟也，同一酒也，而一为雄壮，一为冷落，其境绝异。然则天下岂有物境哉？但有心境而已。戴绿眼镜者所见物一切皆绿，戴黄眼镜者所见物一切皆黄；口含黄连者所食物一切皆苦，口含蜜饧者所食物一切皆甜。一切物果绿耶？果黄耶？果苦耶？果甜耶？一切物非绿、非黄、非苦、非甜；一切物亦绿、亦黄、亦苦、亦甜；一切物即绿、即黄、即苦、即甜。然则绿也、黄也、苦心、甜也，其分别不在物，而在我，故曰：三界惟心。

有二僧因风飏刹幡，相与对论。一僧曰风动，一僧曰幡动，往复辨难无所决。六祖大师曰："非风动，非幡动，仁者心自动。"任公曰：三界惟心之真理，此一语道破矣。天地间之物一而万、万而一者也。山自山，川自川，春自春，秋自秋，风自风，月自月，花自花，鸟自鸟，万古不变，天地不同。然有百人于此，同受此山、此川、此春、此秋、此风、此月、此花、此鸟之感触，而其心境所现者百焉；千人同受此感触，而其心境所现者千焉；亿万人乃至无量数人同受此感触，而其心境所现者亿万焉，乃至无量数焉。然则欲言物境之果为何状，将谁氏之从乎？仁者见之谓之仁，智者见之谓之智，忧者见之谓之忧，乐者见之谓之乐，吾之所见者，即吾所受之境之真实相也。故曰：惟心所造之境为真实。

然则欲讲养心之学者，可以知所从事矣。三家村学究得一第，则惊喜失度，自世胄子弟视之何有焉？乞儿获百金于路，则挟持以骄人，自富豪家视之何有焉？飞弹掠面而过，常人变色，自百战老将视之何有焉？一箪食、一瓢饮，在陋巷，人不堪其忧，自有道之士视之何有焉？天下之境，无一非可乐、可忧、可惊、可喜者；实无一可乐，可忧，可惊，可喜者。

乐之、忧之、惊之、喜之，全在人心，所谓天下本无事，庸人自扰之。境则一也，而我忽然而乐，忽然而忧，无端而惊，无端而喜，果胡为者？如蝇见纸窗而竞钻，如猫捕树影而跳掷，如犬闻风声而狂吠，扰扰焉送一生于惊喜忧乐之中，果胡为者？若是者谓之知有物而不知有我。知有物而不知有我，谓之我为物役，亦名曰：心中之奴隶。

是以豪杰之士，无大惊，无大喜，无大苦，无大乐，无大忧，无大惧。其所以能如此者，岂有他术哉？亦明三界惟心之真理而已，除心中之奴隶而已。苟知此义，则人人皆可以为豪杰。

（选自《饮冰室自由书》，《饮冰室合集·专集》第2册，

中华书局1936年版）

愿

许地山

南普陀寺里底大石，雨后稍微觉得干净，不过绿苔多长一些，天涯底淡霞好像给我们一个天晴的信。树林里底虹气，被阳光分成七色。树上，雄虫求雌的声，凄凉得使人不忍听下去。妻子坐在石上，见我来，就问："你从那里来？我等你许久了。"

"我领着孩子们到海边捡贝壳咧。阿琼捡着一个破贝，虽不完全，里面却像藏着珠子的样子。等他来到，我叫他拿出来给你看一看。"

"在这树荫底下坐着，真舒服呀！我们天天到这里来，多么好呢！"

妻说："你那里能够……"

"为什么不能？"

"你应当作荫，不应当受荫。"

"你愿我作这样的荫么？"

"这样的荫算什么！我愿你作无边宝华盖，能普荫一切世间诸有情；愿你为如意净明珠，能普照一切世间诸有情；愿你为降魔金刚杵，能破坏一切世间诸障碍；愿你为多宝盂兰盆，能盛百味，滋养一切世间诸饥渴者；愿你有六手，十二手，百手，千万手，无量数那由他如意手，能成全一切世间等等美善事。"

我说："极善，极妙！但我愿做调味底精盐，渗入等等食品中，把自己底形骸融散，且回复当时在海里底面目，使一切有情得尝咸味，而不见盐体。"

妻子说："只有调味，就能使一切有情都满足吗？"

我说："盐底功用，若只在调味，那就不配称为盐了。"

（选自《许地山选集》，人民文学出版社1982年版）

海

许地山

我底朋友说："人底自由和希望，一到海面就完全失掉了！因为我们太不上算，在这无涯浪中无从显出我们有限的能力和意志。"

我说："我们浮在这上面，眼前虽不能十分如意，但后来要遇着的，或者超乎我们底能力和意志之外。所以在一个风狂浪骇的海面上，不能准说我们要到什么地方就可以达到什么地方；我们只能把性命先保持住，随着波涛颠来簸去便了。"

我们坐在一只不如意的救生船里，眼看着载我们到半海就毁坏的大船渐渐沉下去。

我底朋友说："你看，那要载我们到目的地的船快要歇息去了！现在，在这茫茫的空海中，我们可没有主意啦。"

幸而同船的人，心忧得很，没有注意听他底话。我把他底手摇了一下说："朋友，这是你纵谈的时候么？你不帮着划桨么？"

"划桨么？这是容易的事。但要划到那里去呢？"

我说："在一切的海里，遇着这样的光景，谁也没有带着主意下来，谁也脱不了在上面泛来泛去。我们尽管划罢。"

（选自《许地山选集》，人民文学出版社1982年版）

头 发

许地山

这村里底大道今天忽然点缀了许多好看的树叶，一直达到村外底麻栗林边。村里底人，男男女女都穿得很整齐，像举行什么大节期一样。但六月间没有重要的节期。婚礼也用不着这么张罗，到底是为甚事？

那边底男子们都唱着他们底歌，女子也都和着，我只静静地站在一边看。

一队兵押着一个壮年的比丘从大道那头进前。村里底人见他来了，歌唱得更大声。妇人们都把头发披下来，争着跪在道傍，把头发铺在道中：从远一望，直像整匹的黑练摊在那里。那位比丘从容地从众女人底头发上走过；后面底男子们都嚷着："可赞美的孔雀旗呀！"

他们这一嚷就把我提醒了。这不是倡自治的孟法师入狱的日子吗？

我心里这样猜，赶到他离村里底大道远了，才转过篱笆底西边。则一拐弯，便遇着一个少女摩着自己底头发，很懊恼地站在那里。我问她说："小姑娘，你站在此地，为你们底大师伤心么？"

"固然，但是我还咒诅我底头发为什么偏生短了，不能摊在地上，教大师脚下底尘土留下些少在上头。你说今日村里底众女子，那一个不比我荣幸呢？"

"这有什么荣幸？若你有心恭敬你底国土和你底大师就够了。"

"咦！静藏在心里底恭敬是不够的。"

"那么，等他出狱的时候，你底头发就够长了。"

女孩子听了，非常喜欢，至于跳起来说："得先生这一祝福，我底头发在那时定能比别人长些。多谢了！"

她跳着从篱笆对面的流连子园去了。我从西边一直走，到那麻栗林边。那里底土很湿，大师底脚印和兵士底脚印在上头印得很分明。

（选自《许地山选集》，人民文学出版社1982年版）

无 奈

夏丏尊

在现制度之下，教师生活真不是一件有趣味的事。同业某友近撰了一副联句，叫做：

命苦不如趁早死　家贫无奈作先生

愤激滑稽，令人同感，我所特别感得兴味的是"无奈"二字，"无奈"是除此以外无别法的意思，这可有客观的主观的两样说法。造物要使我们死，我们无法逃避死神的降临，这是主观的"无奈"。惯吃黄酒的人遇到没有黄酒的时候只好用白酒解瘾，这是客观的"无奈"；本来就喜欢吃白酒的人，非白酒不吃，只能吃白酒，这是主观的"无奈"。

基督的上十字架出于"无奈"，释迦的弃国出家也出于"无奈"，耐丁格尔"无奈"去亲往战场救护伤兵，列宁"无奈"而主张革命。啊！"无奈"——"主观的无奈"的伟大啊！

"家贫"是"无奈"，"做先生"是"无奈"，都不足悲哀，所苦的只是这"无奈"的性质是客观的而不是主观的。我们的烦闷不自由在此，我们的藐小无价值也在此。

横竖"无奈"了，与其畏缩烦闷的过日，何妨堂堂正正的奋斗。用了"死罪犯人打仗"的态度，在绝望之中杀出一条希望的血路来！"烦恼即菩提"，把"无奈"从客观的改为主观的。所差只是心机一转而已。这是我近来的感怀，质之某友以为何如？

（选自1924年11月16日《春晖》第三十六期）

渐

丰子恺

使人生圆滑进行的微妙的要素，莫如"渐"；造物主骗人的手段，也莫如渐。在不知不觉之中，天真烂漫的孩子"渐渐"变成野心勃勃的青年；慷慨豪侠的青年"渐渐"变成冷酷的成人；血气旺盛的成人"渐渐"变成顽固的老头子。因为其变更是渐进的，一年一年地、一月一月地、一日一日地、一时一时地、一分一分地、一秒一秒地渐进，犹如从斜度极缓的长远的山坡上走下来，使人不察其递降的痕迹，不见其各阶段的境界，而似乎觉得常在同样的地位，恒久不变，又无时不有生的意趣与价值，于是人生就被确实肯定，而圆滑进行了。假使人生的进行不像山坡而像风琴的键板，由 do 忽然移到 re，即如昨夜的孩子今朝忽然变成青年；或者像旋律的"接离进行"地由 do 忽然跳到 mi，即如朝为青年而夕暮忽成老人，人一定要惊讶、感慨、悲伤，或痛感人生的无常，而不乐为人了。故可知人生是由"渐"维持的。这在女人恐怕尤为必要：歌剧中，舞台上的如花的少女，就是将来火炉旁边的老婆子，这句话，骤听使人不能相信，少女也不肯承认，实则现在的老婆子都是由如花的少女"渐渐"变成的。

人之能堪受境遇的变衰，也全靠这"渐"的助力。巨富的纨袴子弟因屡次破产而"渐渐"荡尽其家产，变成贫者；贫者只得做佣工，佣工往往变为奴隶，奴隶容易变为无赖，无赖与乞丐相去甚近，乞丐不妨做偷儿……这样的例，在小说中，在实际上，均多得很。因为其变衰是延长为十年二十年而一步一步地"渐渐"地达到的，在本人不感到什么强烈的刺激。故虽到了饥寒病苦刑笞交迫的地步，仍是熙熙然贪恋着目前的生的欢喜。假如一位千金之子忽然变了乞丐或偷儿，这人一定愤不欲生了。

这真是大自然的神秘的原则，造物主的微妙的工夫！阴阳潜移，春秋代序，以及物类的衰荣生杀，无不暗合于这法则。由萌芽的春"渐渐"变成绿阴的夏；由凋零的秋"渐渐"变成枯寂的冬。我们虽已经历数十寒暑，但在围炉拥衾的冬夜仍是难于想像饮冰挥扇的夏日的心情；反之亦然。然而由冬一天一天地、一时一时地、一分一分地、一秒一秒地移向夏，由夏一天一天地、一时一时地、一分一分地、一秒一秒地移向冬，其间实在没有显著的痕迹可寻。昼夜也是如此：傍晚坐在窗下看书，书页上"渐渐"地黑起来，倘不断地看下去（目力能因了光的渐弱而渐渐加强），几乎永远可以认识书页上的字迹，即不觉昼之已变为夜。黎明凭窗，不瞬目地注视东天，也不辨自夜向昼的推移的痕迹。儿女渐渐长大起来，在朝夕相见的父母全不觉得，难得见面的远亲就相见不相识了。往年除夕，我们曾在红蜡烛底下守候水仙花的开放，真是痴态！倘水仙花果真当面开放给我们看，便是大自然的原则的破坏，宇宙的根本的摇动，世界人类的末日临到了！

"渐"的作用，就是用每步相差极微极缓的方法来隐蔽时间的过去与事物的变迁的痕迹，使人误认其为恒久不变。这真是造物主骗人的一大诡计！这有一件比喻的故事：某农夫每天朝晨抱了犊而跳过一沟，到田里去工作，夕暮又抱了它跳过沟回家。每日如此，未尝间断。过了一年，犊已渐大，渐重，差不多变成大牛，但农夫全不觉得，仍是抱了它跳沟。有一天他因事停止工作，次日再就不能抱了这牛而跳沟了。造物的骗人，使人留连于其每日每时的生的欢喜而不觉其变迁与辛苦，就是用这个方法的。人们每日在抱了日重一日的牛而跳沟，不准停止。自己误以为是不变的，其实每日在增加其苦劳！

我觉得时辰钟是人生的最好的象征了。时辰钟的针，正常一看总觉得是"不动"的；其实人造物中最常动的无过于时辰钟的针了。日常生活中的人生也如此，刻刻觉得我是我，似乎这"我"永远不变，实则与时辰钟的针一样的无常！一息尚存，总觉得我仍是我，我没有变，还是留连着我的生，可怜受尽"渐"的欺骗！

"渐"的本质是"时间"。我觉得时间比空间更为不可思议，犹之时间艺术的音乐比空间艺术的绘画更为神秘。因为空间姑且不追究它如何广大或无限，我们总可以把握其一端，认定其一点。时间则全然无从把握，不可挽留，只有过去与未来在渺茫之中不绝地相追逐而已。性质上既已渺茫不可思议，分量上在人生也似乎太多。因为一般人对于时间的悟性，似乎只够支配搭船乘车的短时间；对于百年的长期间的寿命，他们不能胜任，往往迷于局部而不能顾及全体。试看乘火车的旅客中，常有明达的人，有的宁牺牲暂时的安乐而让其座位于老弱者，以求心的太平（或博暂时的美誉）；有的见众人争先下车，而退在后面，或高呼"勿要轧，总有得下去的！""大家都要下去的！"然而在乘"社会"或"世界"的大火车的"人生"的长期的旅客中，就少有这样的明达之人。所以我觉得百年的寿命，定得太长。像现在的世界上的人，倘定他们搭船乘车的期间的寿命，也许在人类社会上可减少许多凶险残惨的争斗，而与火车中一样的谦让，和平，也未可知。

然人类中也有几个能胜任百年的或千古的寿命的人。那是"大人格"，"大人生"。他们能不为"渐"所迷，不为造物所欺，而收缩无限的时间并空间于方寸的心中。故佛家能纳须弥于芥子。中国古诗人（白居易）说："蜗牛角上争何事？石火光中寄此身。"英国诗人（Blake）也说："一粒沙里见世界，一朵花里见天国；手掌里盛住无限，一刹那便是永劫。"

一九二五年作

（选自《缘缘堂随笔集》，浙江文艺出版社1983年版）

家

丰子恺

　　从南京的朋友家里回到南京的旅馆里，又从南京的旅馆里回到杭州的别寓里，又从杭州的别寓里回到石门湾的缘缘堂本宅里，每次起一种感想，逐记如下。

　　当在南京的朋友家里的时候，我很高兴。因为主人是我的老朋友。我们在少年时代曾经共数晨夕。后来为生活而劳燕分飞，虽然大家形骸老了些，心情冷了些，态度板了些，说话空了些，然而心的底里的一点灵火大家还保存着，常在谈话之中互相露示。这使得我们的会晤异常亲热。加之主人的物质生活程度的高低同我的相仿佛，家庭设备也同我的相类似。我平日所需要的：一毛大洋一两的茶叶，听头的大美丽香烟，有人供给开水的热水壶，随手可取的牙签，适体的藤椅，光度恰好的小窗，他家里都有，使我坐在他的书房里感觉同坐在自己的书房里相似。加之他的夫人善于招待，对于客人表示真诚的殷勤，而绝无优待的虐待。优待的虐待，是我在作客中常常受到而顶顶可怕的。例如拿了不到半寸长的火柴来为我点香烟，弄得大家仓皇失措，我的胡须几被烧去；把我所不欢喜吃的菜蔬堆在我的饭碗上，使我无法下箸；强夺我的饭碗去添饭，使我吃得停食；藏过我的行囊，使我不得告辞。这种招待，即使出于诚意，在我认为是逐客令，统称之为优待的虐待。这回我所住的人家的夫人，全无此种恶习，但把不缺乏的香烟自来火放在你能自由取得的地方而并不用自来火烧你的胡须；但把精致的菜蔬摆在你能自由挟取的地方，饭桶摆在你能自由添取的地方，而并不勉强你吃；但在你告辞的时光表示诚意的挽留，而并不监禁。这在我认为是最诚意的优待。这使得我非常高兴。英语称勿客气曰 at home^①。我在这主人家里作客，真同 at home 一样，所以非常高兴。

然而这究竟不是我的 home，饭后谈了一会，我惦记起我的旅馆来。我在旅馆，可以自由行住坐卧，可以自由差使我的茶房，可以凭法币之力而自由满足我的要求。比较起受主人家款待的作客生活来，究竟更为自由。我在旅馆要住四五天，比较起一饭就告别的作客生活来，究竟更为永久。因此，主人的书房的屋里虽然布置妥帖，主人的招待虽然殷勤周至，但在我总觉得不安心。所谓"凉亭虽好，不是久居之所"。饭后谈了一会，我就告别回家。这所谓"家"，就是我的旅馆。

---

① 原义是"在自己家里"，转义是"无拘束"、"舒适自在"。——编者注

当我从朋友家回到了旅馆里的时候，觉得很适意。因为这旅馆在各点上是称我心的。第一，它的价钱还便宜，没有大规模的笨相，像形式丑恶而不适坐卧的红木椅，花样难看而火气十足的铜床，工本浩大而不合实用、不堪入目的工艺品，我统称之为大规模的笨相。造出这种笨相来的人，头脑和眼光很短小，而法币很多。像暴发的富翁，无知的巨商，升官发财的军阀，即是其例。要看这种笨相，可以访问他们的家。我的旅馆价既便宜，其设备当然不丰。即使也有笨相——像家具形式的丑恶，房间布置的不妥，壁上装饰的唐突，茶壶茶杯的不可爱——都是小规模的笨相，比较起大规模的笨相来，犹似五十步比百步，终究差好些，至少不使人感觉暴殄天物，冤哉枉也。第二，我的茶房很老实，我回旅馆时不给我脱外衣，我洗面时不给我绞手巾，我吸香烟时不给我擦自来火，我叫他做事时不喊"是——是——"，这使我觉得很自由，起居生活同在家里相差不多。因为我家里也有这么老实的一位男工，我就不妨把茶房当作自己的工人。第三，住在旅馆里没有人招待，一切行动都随我意。出门不必对人鞠躬说"再会"，归来也没有人同我寒暄。早晨起来不必向人道"早安"，晚上就寝的迟早也不受别人的牵累。在朋友家作客，虽然也很安乐，总不及住旅馆的自由：看见他家里的人，总得想出几句话来说说，不好不去睬他。脸孔上即使不必硬作笑容，也总要装得和悦一点，不好对他们板脸孔。板脸孔，好像是一种凶相。但我觉得是最自在最舒服的一种表情。我自己觉得，平日独自闭居在家里的房间里读书，写作的时候，脸孔的表情总是严肃的，极难得有独笑或独乐的时光。若拿这种独居时的表情移用在交际应酬的座上，别人一定当我有所不快，在板脸孔。据我推想，这一定不止我一人如此。最漂亮的交际家，巧言令色之徒，回到自己家里，或房间里，甚或眠床里，也许要用双手揉一揉脸孔，恢复颜面上的表情筋肉的疲劳，然后板着脸孔皱着眉头回想日间的事，考虑明日的战略。可知无论何人，交际应酬中的脸孔多少总有些不自然，其表情筋肉多少总有些儿吃力。最自然，最舒服的，只有板着脸孔独居的时候。所以，我在孤癖发作的时候，觉得住旅馆比在朋友家作客更自在而舒服。

然而，旅馆究竟不是我的家，住了几天，我惦记起我杭州的别寓来。

在那里有我自己的什用器物，有我自己的书籍文具，还有我自己雇请着的工人。比较起借用旅馆的器物，对付旅馆的茶房来，究竟更为自由；比较起小住四五天就离去的旅馆生活来，究竟更为永久。因此，我睡在旅馆的眠床上似觉有些浮动；坐在旅馆的椅子上似觉有些不稳；用旅馆的毛巾似觉有些隔膜。虽然这房间的主权完全属我，我的心底里总有些儿不安。住了四五天，我就算账回家。这所谓家，就是我的别寓。

当我从南京的旅馆回到了杭州的别寓里的时候，觉得很自在。我年来在故乡的家里蛰居太久，环境看得厌了，趣味枯乏，心情郁结。就到离家乡还近而花样较多的杭州来暂作一下寓公，借此改换环境，调节趣味。趣味，在我是生活上一种重要的养料，其重要几近于面包。别人都在为了获得面包而牺牲趣味，或者为了堆积法币而抑制趣味。我现在幸而没有走上这两种行径，还可省下半只面包来换得一点趣味。

因此，这寓所犹似我的第二的家。在这里没有作客时的拘束，也没有住旅馆时的不安心。我可以吩咐我的工人做点我所喜欢的家常素菜，夜饭时同放学归来的一子一女共吃。我可以叫我的工人相帮我，把房间的布置改过一下，新一新气象。饭后睡前，我可以开一开蓄音机，听听新买来的几张蓄音片。窗前灯下，我可以在自己的书桌上读我所爱读的书，写我所愿写的稿。月底虽然也要付房钱，但价目远不似旅馆这么贵，买卖式远不及旅馆这么明显。虽然也可以合算每天房钱几角几分。但因每月一付，相隔时间太长，住房子同付房钱就好像不相关联的两件事，或者房钱仿佛白付，而房子仿佛白住。因有此种种情形，我从旅馆回到寓中觉得非常自然。

然而，寓所究竟不是我的本宅。每逢起了倦游的心情的时候，我便惦记起故乡的缘缘堂来。在那里有我故乡的环境，有我关切的亲友，有我自己的房子，有我自己的书斋，有我手种的芭蕉、樱桃和葡萄。比较起租别人的房子，使用简单的器具来，究竟更为自由；比较起暂作借住，随时可以解租的寓公生活来，究竟更为永久。我在寓中每逢要在房屋上略加装修，就觉得要考虑；每逢要在庭中种些植物，也觉得不安心，因而思念起故乡的家来。牺牲这些装修和植物，倒还在其次；能否长久享用这些设备，却是我所顾虑的。我睡在寓中的床上虽然没有感觉像旅馆里那样浮动，坐在寓中的椅上虽然没有感觉像旅馆里那样不稳，但觉得这些家具在寓中只是摆在地板上的，没有像家里的东西那样固定得同生根一般。这种倦游的心情强盛起来，我就离寓返家。这所谓家，才是我的本宅。

当我从别寓回到了本宅的时候，觉得很安心。主人回来了，芭蕉鞠躬，樱桃点头，葡萄棚上特地飘下几张叶子来表示欢迎。两个小儿女跑来牵我的衣，老仆忙着打扫房间。老妻忙着烧素菜，故乡的臭豆腐干，故乡的冬菜，故乡的红米饭。窗外有故乡的天空，门外有打着石门湾土白的行人，这些行人差不多个个是认识的。还有各种商贩的叫卖声，这些叫卖声在我统是稔熟的。我仿佛从飘摇的舟中登上了陆，如今脚踏实地了。这里是我的最自由，最永久的本宅，我的归宿之处，我的家。我从寓中回到家中，觉得非常安心。

但到了夜深人静，我躺在床上回味上述的种种感想的时候，又不安心起来。我觉得这里仍不是我的真的本宅，仍不是我的真的归宿之处，仍不是我的真的家。四大的暂时结合而形成我这身体，无始以来种种因缘相凑合而使我诞生在这地方。偶然的呢？还是非偶然的？若是偶然的，我又何恋恋于这虚幻的身和地？若是非偶然的，谁是造物主呢？我须得寻着了他，向他那里去找求我的真的本宅，真的归宿之处，真的家。这样一想，我现在是负着四大暂时结合的躯壳，而在无始以来种种因缘凑合而成的地方暂住，我是无"家"可归的。既然无"家"可归，就不妨到处为"家"。上述的屡次的不安心，都是我的妄念所生。想到那里，我很安心地睡着了。

二十五年（1936年）十月二十八日

（选自《缘缘堂随笔集》，浙江文艺出版社1983年版）

吃 教

鲁 迅

　　达一先生在《文统之梦》里，因刘勰自谓梦随孔子，乃始论文，而后来做了和尚，遂讥其"贻羞往圣"。其实是中国自南北朝以来，凡有文人学士，道士和尚，大抵以"无特操"为特色的。晋以来的名流，每一个人总有三种小玩意，一是《论语》和《孝经》，二是《老子》，三是《维摩诘经》，不但采作谈资，并且常常做一点注解。唐有三教辩论，后来变成大家打诨；所谓名儒，做几篇伽蓝碑文也不算什么大事。宋儒道貌岸然，而窃取禅师的语录。清呢，去今不远，我们还可以知道儒者的相信《太上感应篇》和《文昌帝君阴骘文》，并且会请和尚到家里来拜忏。

　　耶稣教传入中国，教徒自以为信教，而教外的小百姓却都叫他们是"吃教"的。这两个字，真是提出了教徒的"精神"，也可以包括大多数的儒释道教之流的信者，也可以移用于许多"吃革命饭"的老英雄。

清朝人称八股文为"敲门砖"，因为得到功名，就如打开了门，砖即无用。近年则有杂志上的所谓"主张"。《现代评论》之出盘，不是为了迫压，倒因为这派作者的飞腾；《新月》的冷落，是老社员都"爬"了上去，和月亮距离远起来了。这种东西，我们为要和"敲门砖"区别，称之为"上天梯"罢。

"教"之在中国，何尝不如此。讲革命，彼一时也；讲忠孝，又一时也；跟大喇嘛打圈子，又一时也；造塔藏主义，又一时也。有宜于专吃的时代，则指归应定于一尊，有宜合吃的时代，则诸教亦本非异致，不过一碟是全鸭，一碟是杂拌儿而已。刘勰亦然，盖仅由"不撤姜食"一变而为吃斋，于胃脏里的分量原无差别，何况以和尚而注《论语》《孝经》或《老子》，也还是不失为一种"天经地义"呢？

（选自《鲁迅全集》5卷，人民文学出版社1981年版）

隐　士

鲁迅

隐士，历来算是一个美名，但有时也当作一个笑柄。最显著的，则有刺陈眉公的"翩然一只云中鹤，飞去飞来宰相衙"的诗，至今也还有人提及。我以为这是一种误解。因为一方面，是"自视太高"，于是别方面也就"求之太高"，彼此"忘其所以"，不能"心照"，而又不能"不宣"，从此口舌也多起来了。

非隐士的心目中的隐士，是声闻不彰，息影山林的人物。但这种人物，世间是不会知道的。一到挂上隐士的招牌，则即使他并不"飞去飞来"，也一定难免有些表白，张扬；或是他的帮闲们的开锣喝道——隐士家里也会有帮闲，说起来似乎不近情理，但一到招牌可以换饭的时候，那是立刻就有帮闲的，这叫作"啃招牌边"。这一点，也颇为非隐士的人们所诟病，以为隐士身上而有油可揩，则隐士之阔绰可想了。其实这也是一种"求之太高"的误解，和硬要有名的隐士，老死山林中者相同。凡是有名的隐士，他总是已经有了"悠哉游哉，聊以卒岁"的幸福的。倘不然，朝砍柴，昼耕田，晚浇菜，夜织屦，又那有吸烟品茗，吟诗作文的闲暇？陶渊明先生是我们中国赫赫有名的大隐，一名"田园诗人"，自然，他并不办期刊，也赶不上吃"庚款"，然而他有奴子。汉晋时候的奴子，是不但侍候主人，并且给主人种地，营商的，正是生财器具。所以虽是渊明先生，也还略略有些生财之道在，要不然，他老人家不但没有酒喝，而且没有饭吃，早已在东篱旁边饿死了。

所以我们倘要看看隐君子风，实际上也只能看看这样的隐君子，真的"隐君子"是没法看到的。古今著作，足以汗牛而充栋，但我们可能找出樵夫渔父的著作来？他们的著作是砍柴和打鱼。至于那些文士诗翁，自称什么钓徒樵子的，倒大抵是悠游自得的封翁或公子，何尝捏过钓竿或斧头柄。要在他们身上赏鉴隐逸气，我敢说，这只能怪自己糊涂。

登仕，是啖饭之道，归隐，也是啖饭之道。假使无法啖饭，那就连"隐"也隐不成了。"飞去飞来"，正是因为要"隐"，也就是因为要啖饭；肩出"隐士"的招牌来，挂在"城市山林"里，这就正是所谓"隐"，也就是啖饭之道。帮闲们或开锣，或喝道，那是因为自己还不配"隐"，所以只好揩一点"隐"油，其实也还不外乎啖饭之道。汉唐以来，实际上是入仕并不算鄙，隐居也不算高，而且也不算穷，必须欲"隐"而不得，这才看作士人的末路。唐末有一位诗人左偃，自述他悲惨的境遇道："谋隐谋官两无成"，是用七个字道破了所谓"隐"的秘密的。

"谋隐"无成，才是沦落，可见"隐"总和享福有些相关，至少是不必十分挣扎谋生，颇有悠闲的余裕。但赞颂悠闲，鼓吹烟茗，却又是挣扎之一种，不过挣扎得隐藏一些。虽"隐"，也仍然要唚饭，所以招牌还是要油漆，要保护的。泰山崩，黄河溢，隐士们目无见，耳无闻，但苟有议及自己们或他的一伙的，则虽千里之外，半句之微，他便耳聪目明，奋袂而起，好像事件之大，远胜于宇宙之灭亡者，也就为了这缘故。其实连和苍蝇也何尝有什么相关。

明白这一点，对于所谓"隐士"也就毫不诧异了，心照不宣，彼此都省事。

（选自《鲁迅全集》6卷，人民文学出版社1981年版）

摩罗小品

唐 弢

　　我于古籍之中，最欢喜的是诗词二道。至于明人小品，除书简与题跋外，觉得无甚可观。此外便是翻阅笔记，往往惊异于禅宗的浸渍之深，读后偶加摘录，留供把玩，也似陶贞白所谓"止可自怡，不堪持赠"，并不预备发表的。这回抄录几条，公诸在寂寞里的读者，非敢破戒，亦只是一点以湿沫相濡的意思耳。是为序。

一

　　近来有人作文，说汉文学的传统是儒家的思想，这说法，我觉得是颇为奇特的。据作者的解释，汉文学就是中国文学，但"中国文学应当包含中国人所有各种文学活动，而汉文学则限于用汉文所写的"。使我不解的是：用汉文所写的汉文学的传统思想，仅仅一个"儒"字，又怎么能够包含得尽呢？这大概不会是"王道"之类的响应吧！否则，我就大可不必饶舌了。

我希望它不是，但我又恐怕它竟是的。

由我看来，佛陀的对于汉文学的影响，并不弱于"孔子之徒"的儒家。唐的变文，宋、元以来的宝卷，明、清的小说里对于和尚行为的张扬，已经说明了两者之间的关系。当儒家死命地抱住文学的时候，释迦的思想，早已深入社会，影响了人民的生活了。而生活又正是文学的泉源。

然则又如何洗得清这中间的羊臊气。

二

袁中郎在《与徐匋卿书》里论禅定说：

> 定果有效，其益无量。但不知所守者中黄耶？艮背耶？抑数息耶？夫定亦难，有出有入，非定也，故曰："那伽常在定，无有不定时。"即出入亦定也，故曰："恰恰用心时，恰恰无心用。"然定有大小，小定却疾，中定却老，大定则即疾是定，即老亦定，艳舞娇歌，无处非定！

儒家崇实，所以平易，佛家近玄，所以虚奥。但在虚奥里也一样有平易：决不怪诞。故能俯临众生，视一切都博大，亲切。这一点不但同于孔孟，而且也合乎黄老。

庄生不云乎："道在矢溺"。

三

视一切都博大，亲切。

（这要有一点注解。）

佛的心里也有是非？有的；佛的心里也有善恶？有的。那就也一定有爱憎。他爱是，爱善；憎非，憎恶；拥护的是正义，需要割断的是束缚自由的绳索。

他因此也杀人。

因为他的心是一个天堂，同时也是一座地狱。

四

或人：是你造了天堂？

释迦：是。

或人：是你造了地狱？

释迦：是。

或人："本来清净，复还清净"，你们不主张出世吗？怎管得这许多人间俗事？

释迦：（笑而不答）。

五

这是《大般涅槃经》里的故事。

有一人家，来了一个相貌瑰丽的女子，自说能招致种种珍宝。主人很高兴的把她留下了。随后又来了一个形容丑陋的女子，自说能使一切衰耗，毁灭。主人生了气，一定要把她逐出去。

那先来的女子说：这后来的是我的妹妹，我们必须住在一块。那后来的女子说：这先来的是我的姊姊，我们从来不曾分离。

色空同观，这大概就是所谓寂灭吧。

然而世间自有不灭者在，即使不是佛门善行，而也无背于佛的真谛。

六

《中吴纪闻》里有这样的一段：

> 宗本圆照禅师，乃福昌一饭头，懵无所知，每饭熟，必礼数十拜，然后持以供僧。一日，忽大悟，恣口所言，皆经中语。自此见道甚明。后住灵岩，近山之人，遇夜则面其寝室拜之，侍僧以告，遂置大士像于前。人有饭僧者，必告之曰："汝先养父母，次办官租，如欲供僧，以有余及之，徒众在此，岂无望檀那之施！须先为其大者。"……

这故事有烟火气，倘非捏造，却是颇为可爱的。

七

我爱儒，然而唾弃"王道"；我爱老、庄，然而诅咒符箓；我爱佛陀，然而鄙夷僧尼的琐屑。

我居众生之上，却并不出世。

释迦，他俯临宇宙，发大毫光，救一切苦难。你能说他的眼睛并不注视地面？

八

唐以后有所谓三教同源说，然而我不相信。

《鹤林玉露》里说：

> 昔有僧折臂作偈云：大悲千眼并千手，大丈夫儿谁不有！老僧今日折一支，尚存九百九十九。《庄子》：鲁有兀者叔山无趾，踵见仲尼，仲尼曰："子不谨前，既患若是矣，虽今来，何及矣！"无趾曰："吾惟不知务而轻用吾身，吾是以亡足；今吾来也，犹有尊足者存，吾是以务全之也。"尊足即此性也。僧偈正此意。佛本于老庄，于此尤信。

但我以为这不过是巧合。

《扪虱新话》里说：

予读《僧宝传》，见南昌潘延之，尝与英邵武同游西山，夜宿双岭，因语英曰："龙潭见天皇时节，宜合孔子。"英曰："子何以验之？"曰："闻龙潭在天皇座下日，久未蒙发药，一日启曰：'弟子服膺师问，非不尽心，卒未闻一言之赐，愿丐慈悲！'天皇曰：'十二时中，何尝不告汝！汝擎茶来，我为汝接；汝行食来，并为汝受；汝问讯，我举手。负汝何事！'潭于言下有契。孔子曰：'二三子以我为隐乎？吾无隐乎尔，吾无行而不与二三子者！'是丘也。岂不然哉！"……

但我以为这不过是偶同。

《蒙斋笔谈》里说：

吾尝谓古之至理，有不谋而冥契者，吾儒之言易，佛氏之言禅是也。夫世固有不可言而终不可免于言，吾儒不得已则命之曰易，以其运转无穷而不可执也；佛氏不得已而命之曰禅，以其不传而可以更相与也。达其不可执而眩其更相与者，禅与易岂二道哉！

但我以为这不过是拉扯。

九

有人说佛的主旨只有一个字：空，我以为有一点不空，那就是对真理的发掘。有人说儒的主旨也只有一个字：恕，我以为有一点不恕，那就是被压迫者的对于压迫者。

举目四瞩，无非都是斗争而已。

十

同源之外，还有同归。这一点，清朝的李凤冈阐扬得最起劲，所著《岭云轩琐记》，几乎都是这一方面的语录。他以为孟子所说的"万物皆备于我矣"，和释典的"尽大地是个法王身"，毫无差别；子思子所说的"凡有血气者，莫不尊亲"，也和释典的"一切众生，我皆令入无余涅槃而灭度之"一样；在整个教义上，他更以为佛是要"去私除妄，见大光明，成无量功德"，正是孔子"克己，复礼，为仁"的意思。所以他说：

> 儒者之道，乃知人生有欲，而清净无为之修，难以持世；释氏之道，亦知人生有欲，而轮回报应之说，可使警心。其所以设教者不同，盖两相为用也。天下不可无儒，亦不可无释，惟眼大于箕，识高于顶者知之。然而上古之世，不可及己。

《岭云轩琐记》这书，有人说是"极有见地"，"未经人道"，读了"爱不释手"；也有人说是"谬妄害义，肆口乱道，不识好恶"，视为洪水猛兽。在这里，我还是"不著一字"吧。

<h1 style="text-align:center">十一</h1>

对于同归说，也可以抄一点反对派的意见在这里。

宋朝的释道高《答李交州书》里说：

> 疑亦悟本，请当论之：疑则求解，解则能悟，悟则入道，非本如何。虽儒墨之竞兴，九流之是非，乃爝火之不息，非日月之不晖，何急急于示见，而促促于同归哉！

袁中郎在《答陶石篑书》里也说：

> 近代之禅所以有此流弊者，始则阳明以儒滥禅，既则豁渠诸人以禅滥儒。禅者见诸儒汩没世情之中，以为不碍，而禅遂为拨无因果之禅；儒者借禅家一切圆融之见，以为发前贤所未发，而儒遂为无忌惮之儒。不惟禅不成禅，而儒亦不成儒矣。

我还得注一句，这都是清以前的意见，在时间上，是早于《岭云轩琐记》的作者的。

十二

我爱在静夜里独听钟声，那死似的寂寞，在空茫里荡漾。

但我的心是一团火。

于是，我一言不发地从床上爬起来，扑的，把灯火开亮了。

一九四〇年七月廿二日

（选自《鸿爪集》，海峡文艺出版社1985年版）

禅家的语言

朱自清

我们知道禅家是"离言说"的，他们要将嘴挂在墙上。但是禅家却最能够活用语言。正像道家以及后来的清谈家一样，他们都否定语言，可是都能识得语言的弹性，把握着，运用着，达成他们的活泼无碍的说教。不过道家以及清谈家只说到"得意忘言"，"言不尽意"，还只是部分的否定语言，禅家却彻底的否定了它。《古尊宿语录》卷二记百丈怀海禅师答僧问"祖宗密语"说：

> 无有密语，如来无有秘密藏。但有语句，尽属法之尘垢。但有语句，尽属烦恼边收。但有语句，尽属不了义教。但有语句，尽不许也，了义教俱非也。更讨什么密语！

这里完全否定了语句，可是同卷又记着他的话：

> 但是一切言教只如治病，为病不同，药亦不同。所以有时说有佛，有时说无佛。实语治病，病若得瘥，个个是实语，病若不瘥，个个是虚妄语。实语是虚妄语，生见故。虚妄是实语，断众生颠倒故。为病是虚妄，只有虚妄药相治。

又说：

> 世间譬喻是顺喻，不了义教是顺喻。了义教是逆喻，舍头目髓脑是逆喻，如今不爱佛菩提等法是逆喻。

虚实顺逆却都是活用语言。否定是站在语言的高头，活用是站在语言的中间；层次不同，说不到矛盾。明白了这个道理，才知道如何活用语言。

北平《世间解》月刊第五期上有顾随先生的《揣籥录》，第五节题为《不是不是》，中间提到"如何是（达摩）祖师西来意"一问，提到许多答语，说只是些"不是，不是！"这确是一语道着，斩断葛藤。但是"不是，不是！"也有各色各样。顾先生提到赵州和尚，这里且看看他的一手。《古尊宿语录》卷十三记学人问他：

问："如何是赵州一句？"

师云："半句也无。"

学云："岂无和尚在？"

师云："老僧不是一句。"

卷十四又记：

问："如何是一句？"

师云："道什么？"

问："如何是一句？"

师云："两句。"

同卷还有：

问："如何是目前一句？"

师云："老僧不如你！"

这都是在否定"一句"，"一句""密语"。第一个答语，否定自明。第二次答"两句"，"两句"不是"一句"，牛头不对马嘴，还是个否定。第三个答语似乎更不相干，却在说：不知道，没有"目前一句"，你要，你自己悟去。

同样，他否定了"祖师西来意"那问语。同书卷十三记学人问"如何是祖师西来意"？

　　师云："庭前柏树子。"

卷十四记着同一问语：

　　师云："床脚是。"
　　云："莫便是也无？"（就是这个吗？）
　　师云："是即脱取去。"（是就拿下带了去。）

还有一次答话：

　　师云："东壁上挂葫芦，多少时也！"

"即心即佛"，"非心非佛"，"祖师西来意"是不可说的。这里却说了，说得很具体。但是"柏树子"，"床脚"，"葫芦"，这些用来指点的眼前景物，可以说都和"西来意"了不相干，所谓"逆喻"，是用肯定来否定，说了还跟没有说一样。但是同卷又记着：

　　问："柏树子还有佛性也无？"

师云："有。"

云："几时成佛？"

师云："待虚空落地。"

云："虚空几时落地？"

师云："待柏树子成佛。"

既是"虚空"，何能"落地"？这句话否定了它自己，现在我们称为无意义的话。"待柏树子成佛"是兜圈子，也等于没有说，我们称为丐词。这些也都是用肯定来否定的。但是柏树子有佛性，前面那些答话就又不是了不相干了。这正是活用，我们称为多义的话。

同卷紧接着的一段：

问："如何是西来意？"

师云："因什么向院里骂老僧！"

云："学人有何过？"

师云："老僧不能就院里骂得阇黎。"

（阇黎＝师）

又记着：

问："如何是西来意？"

师云："板齿生毛。"

这里前两句答话也是了不相干，但是不是眼前有的景物，而是眼前没有的事；没有的事是没有，是否定。但是"骂老僧"，"骂阇黎"就是不认得僧，不认得师，因而这一问也就是不认得祖师。这也是两面儿话，或说是两可的话。末一句答话说板牙上长毛，也是没有的事，并且是不可能的事；"西来意"是不可能说的。同卷还有两句答话：

　　　　师云："如你不唤作祖师，意犹未在。"

这是说没有"祖师"，也没有"意"。

　　　　师云："什么处得者消息来！"

意思是跟上句一样。这都是直接否定了问句，比较简单好懂。顾先生说"庭前柏树子"一句"流传宇宙，震铄古今"，就因为那答话里是个常物，却出乎常情，却又不出乎禅家"无多子"的常理。这需要活泼无碍的运用想像，活泼无碍的运用语言。这就是所谓"机锋"。"机锋"也有路数，本文各例可见一斑。

（选自《朱自清文集》3卷，江苏教育出版社1988年版）

谈"养生学"

马南邨

　　前些天，首都医学界的一部分人，在白云观开了一个很别致的学术讨论会，研究元代丘处机的养生学。这件事情引起了许多人的注意。

　　丘处机是宋元两代之间的道士，登州栖霞人，后居莱州，自号长春子。元太祖成吉思汗听说他懂得养生修炼的法子，特派札八儿、刘仲禄两个使者去请他。丘处机率领十八名徒弟，走了一万多里路，到达雪山，朝见成吉思汗于西征的营帐中。

　　他们当时谈话的主要内容，据《元史》中的《释老传》、明代陶宗仪的《辍耕录》等所载，大概是这样的：

　　　　处机每言，欲一天下者，必在乎不嗜杀人。及问为治之方，则对以敬天爱民为本。问长生久视之道，则告以清心寡欲为要。

看来所谓养生学的纲领，恐怕就在于清心寡欲这四个字。

讲养生之道倒也罢了，成吉思汗却又下诏："赐丘处机神仙号，爵大宗师，掌管天下道教。"这样一来，养生学却披上了宗教的色彩，反而逐渐失去了养生学的真义。以致后人只知有道教，而不知有养生学。丘处机自己也成了道教的一个首领，而不是什么养生学家。

在道教中，丘处机当然是很有势力的一个宗派。据明代都印的《三余赘笔》记载："道家有南北二宗。其南宗者谓自东华少阳君，得老聃之道……其北宗者谓吕岩授金王嘉，嘉授七弟子，其一丘处机……。"显然，过去人们都只晓得丘处机是道教中的一个教派，有谁去理会他讲的什么养生学呢？

其实，要讲养生学，光是清心寡欲恐怕还不够，应该有更好的方法才是。

什么是更好的方法呢？是不是要修炼成仙呢？回答决不是这样。修炼成仙本是道家的想法，丘处机的教派也未尝没有这种想法。但其结果总不免事与愿违。

比较起来，我觉得儒家主张"以自然之道，养自然之生"似乎更好一些。儒家的这种主张与道家修仙的说法，应该看到是有原则区别的。

早在宋代，欧阳修就曾因为不满于当时一般道士对养生学的曲解，特地把魏晋间道士养生之书——《黄庭经》做了一番删正，并且写了一篇《删正黄庭经序》。在这篇序里，他一开头就反对修仙之说。他写道：

> 无仙子者，不知为何人也，无姓名，无爵里，世莫得而名之。其自号为无仙子者，以警世人之学仙者也。

接着，他阐述一种道理，就是说：

> 自古有道无仙，而后世之人，知有道而不得其道；不知无仙而妄学仙。此我之所哀也。道者，自然之道也。生而必死，亦自然之理也。以自然之道，养自然之生，不自戕贼夭阏，而尽其天年，此自古圣智之所同也。

欧阳修还举了实际例子以证明他的论点。虽然他举的例子中有的并非事实，但是，我们无妨用更多的实例去代替它，不能因为他以传说为事实就否定他的全部看法。他举例说：

> 禹走天下，乘四载，治百川，可谓劳其形矣，而寿百年。颜子萧然卧于陋巷，箪食瓢饮，外不诱于物，内不动于心，可谓至乐矣，而年不及三十。斯二人者，皆古之仁人也。劳其形者长年，安其乐者短命。……此所谓以自然之道，养自然之生。

这一段议论很好。如果用别的事实代替大禹的例子，就更好。我们实际上可以举出无数事例，来证明欧阳修的论点。有许多劳动人民，如山区的老农，长期从事田野劳动，年纪很大，身体与青年人一样健康。不久以前，报纸消息说，苏联有许多百岁以上的老人，也都是勤劳的农民。这些就是有力的证据。

因此，讲养生学的人，在研究丘处机的同时，我想无妨把研究的范围更加扩大一些，多多地收集元代以前和以后各个时期、各派和各家有关养生的学说，加以全面的研究。这样做，收获可能更大。

（选自《燕山夜话》，北京出版社1979年版）

读《欲海回狂》

周作人

我读《欲海回狂》的历史真是说来话长。第一次见这本书是在民国元年,在浙江教育司里范古农先生的案头。我坐在范先生的背后,虽然每日望见写着许多墨笔题词的部面,却总不曾起什么好奇心,想借来一看。第二次是三年前的春天,在西城的医院里养病,因为与经典流通处相距不远,便买了些小乘经和杂书来消遣,其中一本是那《欲海回狂》。第三次的因缘是最奇了,去年甘肃杨汉公因高张结婚事件大肆攻击,其中说及某公寄《欲海回狂》与高君,令其忏悔。我想到那些谬人的思想根据或者便在这本善书内,所以想拿出来检查一番,但因别的事情终于搁下了,直到现在才能做到,不过对于前回事件已经没有什么兴趣,所以只是略说我的感想罢了。

我常想，做戒淫书的人与做淫书的人都多少有点色情狂。这句话当然要为信奉"《安士全书》的人生观"的人们所骂，其实却是真的，即如书中"总劝"一节里的四六文云，"遇娇姿于道左，目注千番；逢丽色于闺帘，肠回百转"，就是艳词，可以放进《游仙窟》里去。平心而论，周安士居士的这部书总可以算是戒淫书中之"白眉"，因为他能够说的彻底。卷一中云，"芙蓉白面，须知带肉骷髅；美貌红妆，不过蒙衣漏厕"，即是他的中心要义，虽然这并非他的新发见，但根据这个来说戒淫总是他的创见了。所以三卷书中最精粹的是中卷《受持篇》里《经要门》以下的几章，而尤以《不净观》一章为最要。我读了最感趣味的，也便是这一部分。

　　我要干脆的声明，我是极反对"不净观"的。为什么现在却对于它这样的感着趣味呢？这便因为我觉得"不净观"是古代的性教育。虽然他所走的是倒路，但到底是一种性教育，与儒教之密藏与严禁的办法不同。下卷《决疑论》中云："男女之道，人之大欲存焉。欲火动时，勃然难遏，纵刀锯在前，鼎镬随后，犹图侥幸于万一，若独借往圣微词，令彼一片淫心冰消雪解，此万万不可得之数也。且夫理之可以劝导世人助扬王化者，莫如因果之说矣；独至淫心乍发，虽目击现在因果，终不能断其爱根，唯有不净二字可以绝之，所谓禁得十分不如淡得一分也。论戒淫者，断以不净观为宗矣。"很能明白地说出它的性质。印度人的思想似乎处处要比中国空灵奇特，所以能在科学不发达的时代发明一种特殊的性教育，想从根本上除掉爱欲，虽然今日看来原是倒行逆施，但是总值得佩服的了。

现在的性教育的正宗却是"净观"，正是"不净观"的反面。我们真不懂为什么一个人要把自己看做一袋粪，把自己的汗唾精血看的很是污秽？倘若真是这样想，实在应当用一把净火将自身焚化了才对。既然要生存在世间，对于这个肉体当然不能不先是认，此外关于这肉体的现象与需要自然也就不能有什么拒绝。周安士知道人之大欲不是圣贤教训或因果劝诫所能防止，于是想用"不净观"来抵御它；"不净观"虽以生理为本，但是太挠曲了，几乎与事实相背，其结果亦只成为一种教训，务阻塞而非疏通：凡是人欲，如不事疏通而妄去阻塞，终于是不行的。净观的性教育则是认人生，是认生之一切欲求，使人关于两性的事实有正确的知识，再加以高尚的趣味之修养，庶几可以有效。但这疏导的正路只能为顺遂的人生作一种预备，仍不能使人厌弃爱欲，因为这是人生不可能的事。

《欲海回狂》——佛教的"不净观"的通俗教科书①——在有常识的人看了是很有趣味的书，但当作劝世的书却是有害的。像杨汉公辈可以不必论矣，即是平常的青年，倘若受了这种禁欲思想的影响，于他的生活上难免种下不好的因，因为性的不净思想是两性关系的最大的敌，而"不净观"实为这种思想的基本。儒教轻蔑女子，还只是根据经验，佛教则根据生理而加以宗教的解释，更为无理，与道教之以女子为鼎器相比

---

① 佛教本来只是婆罗门教的改良，这种不净观大约也是从外道取来，如萨克谛宗徒的观念女根瑜尼，似即可转变为《禅秘要经》中的诸法。不过这单是外行人的一种推测，顺便说及罢了。

其流弊不相上下。我想尊重出家的和尚，但是见了主张"有生即是错误"而贪恋名利，标榜良知而肆意胡说的居士儒者，不禁发生不快之感，对于他们的圣典也不免怀有反感，这或者是我之所以不能公平的评估这本善书的原因罢。

（选自《雨天的书》，北新书局1925年版）

山中杂信

周作人

一

伏园兄:

　　我已于本月初退院,搬到山里来了。香山不很高大,仿佛只是故乡城内的卧龙山模样,但在北京近郊,已经要算是很好的山了。碧云寺在山腹上,地位颇好,只是我还不曾到外边去看过,因为须等医生再来诊察一次之后,才能决定可以怎样行动,而且又是连日下雨,连院子里都不能行走,终日只是起卧屋内罢了。大雨接连下了两天,天气也就颇冷了。般若堂里住着几个和尚们,买了许多香椿干,摊在芦席上晾着,这两天的雨不但使它不能干燥,反使它更加潮湿。每从玻璃窗望去,看见廊下摊着湿漉漉的深绿的香椿干,总觉得对于这班和尚们心里很是抱歉似的，——虽然下雨并不是我的缘故。

般若堂里早晚都有和尚做功课，但我觉得并不烦扰，而且于我似乎还有一种清醒的力量。清早和黄昏时候的清澈的磬声，仿佛催促我们无所信仰、无所归依的人，拣定一条道路精进向前。我近来的思想动摇与混乱，可谓已至其极了，托尔斯泰的无我爱与尼采的超人，共产主义与善种学，耶佛孔老的教训与科学的例证，我都一样的喜欢尊重，却又不能调和统一起来，造成一条可以行的大路。我只将这各种思想，凌乱的堆在头里，真是乡间的杂货一料店了。——或者世间本来没有思想上的"国道"，也未可知。这件事我常常想到，如今听他们做功课，更使我受了激刺。同他们比较起来，好像上海许多有国籍的西商中间，夹着一个"无领事管束"的西人。至于无领事管束，究竟是好是坏，我还想不明白。不知你以为何如？

寺内的空气并不比外间更为和平。我来的前一天，般若堂里的一个和尚，被方丈差人抓去，说他偷寺内的法物，先打了一顿，然后捆送到城内什么衙门去了。究竟偷东西没有，是别一个问题，但吊打恐总非佛家所宜。大约现在佛徒的戒律，也同"儒业"的三纲五常一样，早已成为具文了。自己即使犯了永为弃物的波罗夷罪，并无妨碍，只要有权力，便可以处置别人，正如护持名教的人却打他的老父，世间也一点都不以为奇。我们厨房的间壁，住着两个卖汽水的人，也时常吵架。掌柜的回家去了，只剩了两个少年的伙计，连日又下雨。不能出去摆摊，所以更容易争闹起来。前天晚上，他们都不愿意烧饭，互相推诿，始而相骂，终于各执灶上的铁通条，打仗两次。我听他们叱咤的声音，令我想起《三国志》及《劫后英雄略》等书里所记的英雄战斗或比武时的威势。可是后来战罢，他们两个人一点都不受伤，更是不可思议了。从这两件事看来，你大约可以知道这山上的战氛罢。

因为病在右肋，执笔不大方便，这封信也是分四次写成的。以后再谈罢。

二

近日天气渐热，到山里来住的人也渐多了。对面的那三间屋，已于前日租去，大约日内就有人搬来。般若堂两旁的厢房，本是"十方堂"，这块大木牌还挂在我的门口。但现在都已租给人住，以后有游方僧来，除了请到罗汉堂去打坐以外，没别的地方可以挂单了。

三四天前大殿里的小菩萨，失少了两尊，方丈说是看守大殿的和尚偷卖给游客了，于是又将他捆起来，打了一顿，但是这回不曾送官，因为次日我又听见他在后堂敲那大木鱼了。（前回被抓去的和尚已经出来，搬到别的寺里去了。）当时我正翻阅《诸经要集》六度部的忍辱篇，道世大师在述意缘内说道，"……岂容微有触恼，大生瞋恨，乃至角眼相看，恶声厉色，遂加杖木，结恨成怨，"看了不禁苦笑。或者丛林的规矩，方丈本来可以用什么板子打人，但我总觉得有点矛盾。而且如果真照规矩办起来，恐怕应该挨打的却还不是这个所谓偷卖小菩萨的和尚呢。

山中苍蝇之多，真是"出人意表之外"。每到下午，在窗外群飞，嗡嗡作声，仿佛是蜜蜂的排衙。我虽然将风门上糊了冷布，紧紧关闭，但是每一出入，总有几个混进屋里来。各处桌上摊着苍蝇纸，另外又用了棕丝制的蝇拍追着打，还是不能绝灭。英国诗人勃来克有《苍蝇》一诗，将蝇来与无常的人生相比，日本小林一茶的俳句道，"不要打哪！那苍蝇搓他的手，搓他的脚呢。"我平常都很是爱念，但在实际上却不能这样的宽大了。一茶又有一句俳句，序云，

捉到一个虱子，将他捏死固然可怜，要把他舍在门外，让他绝食，也觉得不忍；忽然的想到我佛从前给与鬼子母的东西①，成此。

虱子呵，放在和我味道一样的石榴上爬着。

《四分律》云，"时有老比丘拾虱弃地，佛言不应，听以器盛若绵拾着中。若虱走出，应作筒盛；若虱出筒，应作盖塞。随其寒暑，加以腻食将养之。"一茶是诚信的佛教徒，所以也如此做，不过用石榴喂它却更妙了。这种殊胜的思想，我也很以为美，但我的心底里有一种矛盾，一面承认苍蝇是与我同具生命的众生之一，但一面又总当它是脚上带着许多有害的细菌，在头上面爬的痒痒的，一种可恶的小虫，心想除灭它。这个情与知的冲突，实在是无法调和，因为我笃信"赛老先生"的话，但也不想拿了他的解

---

① 日本传说，佛降伏鬼子母神，给与石榴实食之，以代人肉，因榴实味酸甜似人肉云。据《鬼子母经》说，她后来变了生育之神，这石榴大约只是多子的象征罢了。

剖刀去破坏诗人的美的世界，所以在这一点上，大约只好甘心且做蝙蝠派罢了。

对于时事的感想，非常纷乱，真是无从说起，倒还不如不说也罢。

三

我在第一信里，说寺内战氛很盛，但是现在情形却又变了。卖汽水的一个战士，已经下山去了。这个缘因，说来很长。前两回礼拜日游客很多，汽水卖了十多块钱一天，方丈知道了，便叫他们从形势最好的那"水泉"旁边撤退，让他自己来卖。他们只准在荒凉的塔院下及门口去摆摊，生意便很清淡，掌柜的于是实行减政，只留下了一个人做帮手，——这个伙计本是做墨盒的，掌柜自己是泥水匠。这主从两人虽然也有时争论，但不至于开起仗来了。方丈似乎颇喜欢吊打他属下的和尚，不过他的法庭离我这里很远，所以并未直接受到影响。此外偶然和尚们喝醉了高粱，高声抗辩，或者为了金钱胜负稍有纠葛，都是随即平静，算不得什么大事。因此般若堂里的空气，近来很是长闲逸豫，令人平矜释躁。这个情形可以意会，不易言传，我如今举出一件琐事来做个象征，你或者可以知其大略。我们院子里，有一群鸡，共五六只，其中公的也有，母的也有。这是和尚们共同养的呢，还是一个人的私产，我都不知道。它们白天里躲在紫藤花底下，晚间被盛入一只小口大腹，像是装香油用的藤篓里面。这篓子似乎是没有盖的，我每天总看见它在柏树下仰天张着口放着。夜里酉戌之交，和尚们擂鼓既罢，各去休息，篓里的鸡便怪声怪气的叫起来。于是禅房里和尚们的"唉，唉——"之声，相继而作。这样以后，篓里和禅房里便复寂然，直到天明，更没有什么惊动。问是什么事呢？答说有黄鼠狼来咬鸡。其实这小口大腹的篓子里，黄鼠狼是不会进去的，倘若掉了下去，它就再也逃不出来了。大约它总是未能忘情，所以常来窥探，不过聊以快意罢了。倘若篓子上加上一个盖，——虽然如上文所说，即使无盖，本来也很安全，——也便可以省得它的窥探，但和尚们永远不加盖，黄鼠狼也便永远要来窥探。以致"三日两头"的引起夜中篓里与禅房里的驱逐。这便是我所说的长闲逸豫的所在。我希望这一节故事，或者能够比那四个抽象的字说明的更多一点。

但是我在这里不能一样的长闲逸豫，在一日里总有一个阴郁的时候，这便是下午清华园的邮差送报来后的半点钟。我的神经衰弱，易于激动，病后更甚，对于略略重大的问题，稍加思索，便很烦躁起来，几乎是发热状态，因此平常十分留心免避。但每天的报里，总是充满着不愉快的事情，见了不免要起烦恼。或者说，既然如此，不看岂不好么？但我又舍不得不看，好像身上有伤的人，明知触着是很痛的，但有时仍是不自禁的要用手去摸，感到新的剧痛，保留他受伤的意识。但苦痛究竟是苦痛，所以也就赶紧丢开，去寻求别的慰解。我此时放下报纸，努力将我的思想遣发到平常所走的旧路上去，——回想近今所看书上的大乘菩萨布施忍辱等六度难行，净土及地狱的意义，或者去搜求游客及和尚们（特别注意于方丈）的轶事。我也不愿再说不愉快的事，下次还不如仍同你讲他们的事情罢。

四

近日因为神经不好，夜间睡眠不足，精神很是颓唐，所以好久没有写信，也不曾做诗了。诗思固然不来，日前到大殿后看了御碑亭，更使我诗兴大减。碑亭之北有两块石碑，四面都刻着乾隆御制的律诗和绝句。这些诗虽然很讲究的刻在石上，壁上还有宪兵某君的题词，赞叹他说"天命乃有移，英风殊难泯！"但我看了不知怎的联想到那塾师给冷于冰看的草稿，将我的创作热减退到近于零度。我以前病中忽发野心，想做两篇小说，一篇叫《平凡的人》，一篇叫《初恋》，幸而到了现在还不曾动手，不然，岂不将使《馍馍赋》不但无独而且有偶么？

我前回答应告诉你游客的故事，但是现在也未能践约，因为他们都从正门出入，很少到般若堂里来的。我看见从我窗外走过的游客，一总不过十多人。他们却有一种公共的特色，似乎都对于植物的年龄颇有趣味。他们大抵问和尚或别人道，"这藤萝有多少年了？"答说，"这说不上来。"便又问，"这柏树呢？"至于答案，自然仍旧是"说不上来"了。或者不问柏树的，也要问槐树，其余核桃石榴等小树，就少有人注意了。我常觉得奇异，他们既然如此热心，寺里的人何妨就替各棵老树胡乱定出一个年岁，叫和尚们照样对答，或者写在大木板上，挂在树下，岂不一举两得么？

游客中偶然有提着鸟笼的，我看了最不喜欢。我平常有一种偏见，以为作不必要的恶事的人，比为生活所迫，不得已而作恶者更为可恶；

所以我憎恶蓄妾的男子，比那卖女为妾——因贫穷而吃人肉的父母，要加几倍。对于提鸟笼的人的反感，也是出于同一的源流。如要吃肉，便吃罢了；（其实飞鸟的肉，于养生上也并非必要。）如要赏鉴，在它自由飞鸣的时候，可以尽量的看或听；何必关在笼里，擎着走呢？我以为这同喜欢缠足一样的是痛苦的赏玩，是一种变态的残忍的心理。贤首于《梵网戒疏》盗戒下注云："善见云，盗空中鸟，左翅至右翅，尾至头，上下亦尔，俱得重罪。准此戒，纵无主，鸟身自为主，盗皆重也。"鸟身自为主，——这句话的精神何等博大深厚，然而又岂是那些提鸟笼的朋友所能了解的呢？

《梵网经》里还有几句话，我觉得也都很好。如云"若佛子，故食肉，——一切肉不得食。——断大慈悲性种子，一切众生见而舍去。"又云，"一切男子是我父，一切女人是我母，我生生无不从之受生，故六道众生皆我父母。而杀而食者，即杀我父母，亦杀我故身：一切地水，是我先身；一切火风，是我本体。……"我们现在虽然不能再相信六道轮回之说，然而对于这普亲观平等观的思想，仍然觉得他是真而且美。英国勃来克的诗：

被猎的兔每一声叫，

撕掉脑里的一枝神经；

云雀被伤在翅膀上，

一个天使止住了歌唱。

这也是表示同一的思想。我们为自己养生计，或者不得不杀生，但是大慈悲性种子也不可不保存，所以无用的杀生与快意的杀生，都应该避免的。譬如吃醉虾，这也罢了；但是有人并不贪他的鲜味，只为能够将半活的虾夹住，直往嘴里送，心里想道"我吃你！"觉得很快活。这是在那里尝得胜快心的滋味，并非真是吃食了。《晨报》杂感栏里曾登过松年先生的一篇《爱》，我很以他所说的为然。但是爱物也与仁人很有关系，倘若断了大慈悲性种子，如那样吃醉虾的人，于爱人的事也恐怕不大能够圆满的了。

（选自《雨天的书》，北新书局1925年12月版）

萨满教的礼教思想

周作人

　　四川督办因为要维持风化，把一个犯奸的学生枪毙，以昭炯戒。

　　湖南省长因为求雨，半月多不回公馆去，即"不同太太睡觉"，如《京副》上某君所说。

　　弗来则博士（J.G.Frazer）在所著《普须该的工作》（Psyche's Task）第三章"迷信与两性关系"上说："他们（野蛮人）想像，以为只须举行或者禁戒某种性的行为，他们可以直接地促成鸟兽之繁殖与草木之生长。这些行为与禁戒显然都是迷信的，全然不能得到所希求的效果。这不是宗教的，但是法术的；就是说，他们想达到目的，并不用恳求神灵的方法，却凭了一种错误的物理感应的思想，直接去操纵自然之力。"这便是赵恒惕求雨的心理，虽然照感应魔术的理论讲来，或者该当反其道而行之才对。

同书中又说："在许多蛮族的心里，无论已结婚或未结婚的人的性的过失，并不单是道德上的罪，只与直接有关的少数人相干；他们以为这将牵涉全族，遇见危险与灾难，因为这会直接地发生一种魔术的影响，或者将间接地引起嫌恶这些行为的神灵之怒。不但如此，他们常以为这些行为将损害一切禾谷瓜果，断绝食粮供给，危及全群的生存。凡在这种迷信盛行的地方，社会的意见和法律惩罚性的犯罪便特别地严酷，不比别的文明的民族，把这些过失当作私事而非公事，当作道德的罪而非法律的罪，于个人终生的幸福上或有影响，而并不会累及社会全体的一时的安全。倒过来说，凡在社会极端严厉地惩罚亲属奸，既婚奸，未婚奸的地方，我们可以推测这种办法的动机是在于迷信；易言之，凡是一个部落或民族，不肯让受害者自己来罚这些过失，却由社会特别严重地处罚，其理由大抵由于相信性的犯罪足以扰乱天行，危及全群，所以全群为自己起见不得不切实地抵抗，在必要时非除灭这犯罪者不可。"这便是杨森维持风化的心理。固然，捉奸的愉快也与妒忌心有关，但是极小的一部分罢了，因为合法的卖淫与强奸社会上原是许可的，所以普通维持风化的原因多由于怕这神秘的"了不得"——仿佛可以译多岛海的"太步"。

中国据说以礼教立国，是崇奉至圣先师的儒教国，然而实际上国民的思想全是萨满教的（Shamanistic 比称道教的更确）。中国决不是无宗教国，虽然国民的思想里法术的分子比宗教的要多得多。讲礼教者所喜说的风化一语，我就觉得很是神秘，含有极大的超自然的意义，这显然是萨满教的一种术语。最讲礼教的川湘督长的思想完全是野蛮的，既如上述，京城里"君师主义"的诸位又如何呢？不必说，都是一窟陇的狸子啦。他们的思想总不出两性的交涉，而且以为在这一交涉里，宇宙之存亡，日月之盈昃，家国之安危，人民之生死，皆系焉。只要女学生斋戒——一个月，我们姑且说，便风化可完而中国可保矣，否者七七四十九之内必将陆沉。这不是野蛮的萨满教思想是什么？我相信要了解中国须得研究礼教，而要了解礼教更非从萨满教入手不可。

一九二五年九月二日

（选自周作人《谈虎集》，北新书局1928年版）

吃 菜

周作人

偶然看书讲到民间邪教的地方，总常有吃菜事魔等字样。吃菜大约就是素食，事魔是什么事呢？总是服侍什么魔王之类罢，我们知道希腊诸神到了基督教世界多转变为魔，那么魔有些原来也是有身分的，并不一定怎么邪曲，不过随便地事也本可不必，虽然光是吃菜未始不可以，而且说起来我也还有点赞成。本来草的茎叶根实只要无毒都可以吃，又因为有维他命某，不但充饥还可养生，这是普通人所熟知的，至于专门地或有宗旨地吃，那便有点儿不同，仿佛是一种主义了。现在我所想要说的就是这种吃菜主义。

吃菜主义似乎可以分作两类。第一类是道德的。这派的人并不是不吃肉，只是多吃菜，其原因大约是由于崇尚素朴清淡的生活。孔子云，"饭疏食，饮水，曲肱而枕之，乐亦在其中矣"，可以说是这派的祖师。《南齐书》周颙传云，"颙清贫寡欲，终日长蔬食。文惠太子问颙菜食何味最胜，颙曰，春初早韭，秋末晚菘。"黄山谷题画菜云，"不可使士大夫不知此味，不可使天下之民有此色。"——当作文章来看实在不很高明，大有帖括的意味，但如算作这派提倡咬菜根的标语却是颇得要领的。李笠翁在《闲情偶寄卷五》说：

"声音之道，丝不如竹，竹不如肉，为其渐近自然，吾谓饮食之道，脍不如肉，肉不如蔬，亦以其渐近自然也。草衣木食，上古之风，人能疏远肥腻，食蔬蕨而甘之，腹中菜园不使羊来踏破，是犹作羲皇之民，鼓唐虞之腹，与崇尚古玩同一致也。所怪于世者，弃美名不居，而故异端其说，谓佛法如是，是则谬矣。吾辑饮馔一卷，后肉食而首蔬菜，一以崇俭，一以复古，至重宰割而惜生命，又其念兹在兹而不忍或忘者矣。"笠翁照例有他的妙语，这里也是如此，说得很是清脆，虽然照文化史上讲来吃肉该在吃菜之先，不过笠翁不及知道，而且他又那里会来斤斤地考究这些事情呢。

吃菜主义之二是宗教的，普通多是根据佛法，即笠翁所谓异端其说者也。我觉得这两类显有不同之点，其一吃菜只是吃菜，其二吃菜乃是不食肉，笠翁上文说得蛮好，而下面所说念兹在兹的却又混到这边来，不免与佛法发生纠葛了。小乘律有杀戒而不戒食肉，盖杀生而食已在戒中，唯自死鸟残等肉仍在不禁之列，至大乘律始明定食肉戒，如《梵网经》菩萨戒中所举，其辞曰：

"若佛子故食肉，——一切众生肉不得食：夫食肉者断大慈悲佛性种子，一切众生见而舍去。是故一切菩萨不得食一切众生肉，食肉得无量罪，——若故食者，犯轻垢罪。"贤首疏去，"轻垢者，简前重戒，是以名轻，简异无犯，故亦名垢。又释，渎污清净行名垢，礼非重过称轻。"因为这里没有把杀生算在内，所以算是轻戒，但话虽如此，据《目连问罪报经》所说，犯突吉罗众学戒罪，加四天王寿，五百岁堕泥犁中，于人间数九百千岁，此堕等活地狱，人间五十年为天一昼夜，可见还是不得了也。

我读《旧约》利未记，再看大小乘律，觉得其中所说的话要合理得多，而上边食肉戒的措辞我尤为喜欢，实在明智通达，古今莫及。《入楞伽经》所论虽然详细，但仍多为粗恶凡人说法，道世在《诸经要集》中酒肉部所述亦复如是，不要说别人了。后来讲戒杀的大抵偏重因果一端，写得较好的还是莲池的《放生文》和周安士的《万善先资》，文字还有可取，其次《好生救劫编卫生集》等，自郐以下更可以不论，里边的意思总都是人吃了虾米再变虾米去还吃这一套，虽然也好玩，难免是幼稚了。我以为菜食是为了不食肉，不食肉是为了不杀生，这是对的，再说为什么不杀生，那么这个解释我想还是说不欲断大慈悲佛性种子最为得体，别的总说得支离。众生有一人不得度的时候自己决不先得度，这固然是大乘菩萨的弘愿，但凡夫到了中年，往往会看轻自己的生命而尊重人家的，并不是怎么奇特的现象。难道肉体渐近老衰，精神也就与宗教接近么？未必然，这种态度有的从宗教出，有的也会从唯物论出的。或者有人疑心唯物论者一定是主张强食弱肉的，却不知道也可以成为大慈悲宗，好像是《安士全书》信者，所不同的他是本于理性，没有人吃虾米那些律例而已。

据我看来，吃菜亦复佳，但也以中庸为妙，赤米白盐绿葵紫蓼之外，偶然也不妨少进三净肉，如要讲净素已不容易，再要彻底便有碰壁的危险。《南齐书》孝义传记江泌事，说他"食菜不食心，以其有生意也"，觉得这件事很有风趣，但是离彻底总还远呢。英国柏忒勒（Samuel Butler）所著《有何无之乡游记》（Erewhon）中第二十六七章叙述一件很妙的故事，前章题曰《动物权》，说古代有哲人主张动物的生存权，人民实行菜食，当初许可吃牛乳鸡蛋，后来觉得挤牛乳有损于小牛，鸡蛋也是一条可能的生命，所以都禁了，但陈鸡蛋还勉强可以使用，只要经过检查，证明确已陈年臭坏了，贴上一张"三个月以前所生"的查票，就可发卖。次章题曰《植物权》，已是六七百年过后的事了，那时又出了一个哲学家，他用实验证明植物也同动物一样地有生命，所以也不能吃，据他的意思，人可以吃的只有那些自死的植物，例如落在地上将要腐烂的果子，或在深秋变黄了的菜叶，他说只有这些同样的废物人们可以吃了于心无愧。"即使如此，吃的人还应该把所吃的苹果或梨的核，杏核，樱桃核及其他，都种在土里，不然他就将犯了堕胎之罪。至于五谷，据他说那是全然不成，因为每颗谷都有一个灵魂像人一样，他也自有其同样地要求安全之权利。"结果是大家不能不承认他的理论，但是又苦于难以实行，逼得没法了便索性开了荤，仍旧吃起猪排牛排来了。这是讽刺小说的话，我们不必认真，然而天下事却也有偶然暗合的，如《文殊师利问经》云：

"若为己杀，不得啖。若肉林中已自腐烂，欲食得食。若欲啖肉者，当说此咒：如是，无我无我，无寿命无寿命，失失，烧烧，破破，有为，除杀去。此咒三说，乃得啖肉，饭亦不食。何以故？若思惟饭不应食，何况当啖肉。"这个吃肉林中腐肉的办法岂不与陈鸡蛋很相像，那么烂果子黄菜叶也并不一定是无理，实在也只是比不食菜心更彻底一点罢了。

二十年十一月十八日，于北平

（选自《看云集》，开明书店1932年10月版）

读戒律

周作人

我读佛经最初还是在三十多年前。查在南京水师学堂时的旧日记，光绪甲辰（一九〇四）十一月下有云：

"初九日，下午自城南归经延龄巷，购经二卷，黄昏回堂。"又云：

"十八日，往城南购书，又《西方接引图》四尺一纸。"

"十九日，看《起信论》，又《纂注》十四页。"这头一次所买的佛经，我记得一种是《楞严经》，一种是《诸佛要集经》与《投身饲饿虎经》等三经同卷。第二次再到金陵刻经处请求教示，据云顶好修净土宗，而以读《起信论》为入手，那时所买的大抵便是论及注疏，一大张的图或者即是对于西土向往。可是我看了《起信论》不大好懂，净土宗又不怎么喜欢，虽然他的意思我是觉得可以懂的。民国十年在北京自春至秋病了大半年，又买佛经来看了消遣，这回所看的都是些小乘经，随后是大乘律。我读《梵网经》菩萨戒本及其他，很受感动，特别是贤首《疏》，是我所最喜读的书。卷三在盗戒下注云：

"《善见》云，盗空中鸟，左翅至右翅，尾至颠，上下亦尔，俱得重罪。准此戒，纵无主，鸟身自为主，盗皆重也。"我在七月十四日的《山中杂信》四中云：

"鸟身自为主，这句话的精神何等博大深厚，然而又岂是那些提鸟笼的朋友所能了解的呢？"又举食肉戒云：

"若佛子故食肉，——一切生肉不得食：夫食肉者断大慈悲佛性种子，一切众生见而舍去。是故一切菩萨不得食一切众生肉，食肉得无量罪。——若故食者，犯轻垢罪。"在《吃菜》小文中我曾说道：

"我读《旧约》利未记，再看大小乘律，觉得其中所说的话要合理得多，而上边食肉戒的措辞我尤为喜欢，实在明智通达，古今莫及。"这是民国二十年冬天所写，与《山中杂信》相距已有十年，这个意见盖一直没有变更，不过这中间又读了些小乘律，所以对于佛教的戒律更感到兴趣与佩服。小乘律的重要各部差不多都已重刻了，在各经典流通处也有发售，但是书目中在这一部门的前面必定注着一行小字云"在家人勿看"，我觉得不好意思开口去问，并不是怕自己碰钉子，只觉得显明地要人家违反规条是一件失礼的事。末了想到一个方法，我就去找梁漱溟先生，托他替我设法去买，不久果然送来了一部《四分律藏》，共有二十本。可是后来梁先生离开北京了，我于是再去托徐森玉先生，陆续又买到了好些，我自己也在厂甸收集了一点，如《萨婆多部毗尼摩得勒伽》十卷，《大比丘三千威仪》二卷，均明末刊本，就是这样得来的。《书信》中"与俞平伯君书三十五通"之十五云：

"前日为二女士写字写坏了，昨下午赶往琉璃厂买六吉宣赔写，顺便一看书摊，买得一部《萨婆多部毗尼摩得勒伽》，共二册十卷，系崇祯十七年八月所刻。此书名据说可详为《一切有部律论》，其中所论有极妙者，如卷六有一节云：云何厕？比丘入厕时，先弹指作相，使内人觉知，当正念入，好摄衣，好正当中安身，欲出者令出，不肯者勿强出。古人之质朴处盖至可爱也。"

时为十九年二月八日，即是买书的第二天。其实此外好的文章尚多，如同卷中说类似的事云：

"云何下风？下风出时不得作声。"

"云何小便？比丘不得处处小便，应在一处作坑。"

"云何唾？唾不得作声。不得在上座前唾。不得唾净地。不得在食前唾，若不可忍，起避去，莫令余人得恼。"这"莫令余人得恼"一句话我最喜欢，佛教的一种伟大精神的发露，正是中国的恕道也。又有关于齿木的：

"云何齿木？齿木不得太大太小，不得太长太短，上者十二指，下者六指。不得上座前嚼齿木。有三事应屏处，谓大小便嚼齿木。不得在净处树下墙边嚼齿木。"《大比丘三千威仪》卷上云：

"用杨枝有五事。一者，断当如度。二者，破当如法。三者，嚼头不得过三分。四者，疏齿当中三啮。五者，当汁澡目用。"金圣叹作施耐庵《水浒传序》中云：

"朝日初出，苍苍凉凉，澡头面，裹巾帻，进盘飧，嚼杨木。"即从此出，唯义净很反对杨枝之说，在《南海寄归内法传》卷一朝嚼齿木项下云：

"岂容不识齿木，名作杨枝。西国柳树全稀，译者辄传斯号，佛齿木树实非杨柳，那烂陀寺目今亲观，既不取信于他，闻者亦无劳致惑。"净师之言自必无误，大抵如周松霭在《佛尔雅》卷五所云，"此方无竭陀罗木，多用杨枝"，译者遂如此称，虽稍失真，尚取其通俗耳。至今日本俗语犹称牙刷曰杨枝，牙签曰小杨枝，中国则僧俗皆不用此，故其名称在世间也早已不传了。

《摩得勒伽》为宋僧伽跋摩译，《三千威仪》题后汉安世高译，僧祐则云失译人名，但总之是六朝以前的文字罢。卷下有至舍后二十五事亦关于登厕者，文繁不能备录，但如十一不得大咽使面赤，十七不得草画地，十八不得持草画壁作字，都说得很有意思，今抄简短者数则：

"买肉有五事。一者，设见肉完未断，不应便买。二者，人已断余乃应买。三者，设见肉少，不得尽买。四者，若肉少不得妄增钱取。五者，设肉已尽，不得言当多买。"

"教人破薪有五事。一者，莫当道。二者，先视斧柄令坚。三者，不得使破有青草薪。四者，不得妄破塔材。五者，积着燥处。"我在《入厕读书》文中曾说：

"偶读大小乘戒律，觉得印度先贤十分周密地注意于人生各方面，非常佩服。即以入厕一事而论，《三千威仪》下列举至舍后者有二十五事，《摩得勒伽》六自云何下风至云何筹草凡十三条，《南海寄归内法传》二有第十八便利之事一章，都有详细的规定，有的是很严肃而幽默，读了忍不住五体投地。"我又在《谈龙集》里讲到阿拉伯奈夫札威上人的《香园》与印度壳科加师的《欲乐秘旨》，照中国古语说都是房中术的书，却又是很正经的。"他在开始说不雅驯的话之先，恭恭敬敬地要祷告一番，叫大悲大慈的神加恩于他，这的确是明朗朴实的古典精神，很是可爱的。"自两便以至劈柴买肉（小乘律是不戒食肉的），一方面关于性交的事，这虽然属于佛教外的人所做，都说的那么委曲详尽，又合于人情物理，这真是难得可贵的事。中国便很缺少这种精神，到了现在我们同胞恐怕是世间最不知礼的人之一种，虽然满口仁义礼智，不必问他心里如何，只看日常举动很少顾虑到人情物理，就可以知道了。查古书里却也曾有过很好的例，如《礼记》里的两篇《曲礼》，有好些话都可以与戒律相比。凡为长者粪之礼一节，凡进食之礼一节，都很有意思。中云：

"毋搏饭，毋放饭，毋流歠，毋咤食，毋啮骨，毋反鱼肉，毋投与狗骨。"这用意差不多全是为得"莫令余人得恼"，故为可取。僧祇律云：

"不得大，不得小，如淫女两粒三粒而食，当可口食。"又是很有趣的别一说法，正可互相补足也。居丧之礼一节也很好，下文有云：

"邻有丧，舂不相，里有殡，不巷歌。适墓不歌，哭日不歌。送丧不由径，送葬不辟涂潦。"读这些文章，深觉得古人的神经之纤细与感情之深厚视今人有过之无不及,《论语》卷四记孔子的事云：

"子食于有丧者之侧,未尝饱也。子于是日哭则不歌。"实在也无非是上文的实行罢了。从别一方面发明此意者有陶渊明,在《挽歌诗》第三首中云：

"向来相送人,各自还其家,亲戚或余悲,他人亦已歌。"此并非单是旷达语,实乃善言世情,所谓亦已歌者即是哭日不歌的另一说法,盖送葬回去过了一二日,歌正亦已无妨了。陶公此语与"日暮狐狸眠冢上,夜阑儿女笑灯前"的感情不大相同,他似没有什么对于人家的不满意,只是平实地说这一种情形,是自然的人情,却也稍感寥寂,此是其佳处也。我读陶诗而懂得礼意,又牵连到小乘律上头去,大有缠夹之意,其实我只表示很爱这一流的思想,不论古今中印,都一样地随喜礼赞也。

民国廿五年四月十四日,于北平苦茶庵

（选自周作人：《风雨谈》,北新书局1936年10月版）

刘香女

周作人

扫一扫，
收听有声版♫

离开故乡以后，有十八年不曾回去，一切想必已经大有改变了吧。据说石板路都改了马路，店门往后退缩，因为后门临河，只有缩而无可退，所以有些店面很扁而浅，柜台之后刚容得下一个伙计站立。这倒是很好玩的一种风景，独自想像觉得有点滑稽，或者檐前也多装着蹩脚的广播收音机，吱吱喳喳地发出非人间的怪声吧。不过城廓虽非，人民犹是，莫说一二十年，就是再加上十倍，恐怕也难变化那里的种种琐屑的悲剧与喜剧。木下杢太郎诗集《食后之歌》里有一篇《石竹花》，民国十年曾译了出来，收在《陀螺》里，其词云：

走到薄暮的海边，

唱着二上节的时候，

龙钟的盲人跟着说道，

古时人们也这样的唱也！

那么古时也同今日没有变化的

人心的苦辛，怀慕与悲哀。

海边的石墙上，

淡红的石竹花开着了。

近日承友人的好意，寄给我几张《绍兴新闻》看。打开六月十二日的一张来看时，不禁小小的吃一惊，因为上面记着一个少女投井的悲剧。大意云：

城东镇鱼化桥直街陈东海女陈莲香，现年十八岁，以前曾在城南狮子林之南门小学读书，天资聪颖，勤学不倦，唯不久辍学家居，闲处无俚，辄以小说如《三国志》等作为消遣，而尤以《刘香女》一书更百看不倦，其思想因亦为转移。民国二十年间由家长作主许字于严某，素在上海为外国铜匠，莲香对此婚事原表示不满，唯以屈于严命，亦无可如何耳，然因此态度益趋消极，在家常时茹素唪经，已四载于兹。最近闻男家定于阴历十月间迎娶，更觉抑郁，乃于十一日上午潜行写就遗书一通，即赴后园，移开井栏，跃入井中自杀。当赴水前即将其所穿之黑色哔叽鞋脱下，搁于井傍之树枝上，遗书则置于鞋内。书中有云，不愿嫁夫，得能清祸了事，则反对婚姻似为其自杀之主因，遗书中又有今生不能报父母辛劳，只得来生犬马图报之语，至于该遗书原文已由其外祖父任文海携赴东关，坚不愿发表全文云。

这种社会新闻恐怕是很普通的，为什么我看了吃惊的呢？我说小小的，乃是客气的说法，实在却并不小。因为我记起四十年前的旧事来，在故乡邻家里就见过这样的少女，拒绝结婚，茹素诵经，抑郁早卒，而其所信受爱读的也即是《刘香宝卷》，小时候听宝卷，多在这屠家门外，她的老母是发起的会首。此外也见过些灰色的女人，其悲剧的显晦大小虽不一样，但是一样的暗淡阴沉，都抱着一种小乘的佛教人生观，以宝卷为经史，以尼庵为归宿。此种灰色的印像留得很深，虽然为时光所掩盖，不大显现出来了，这回忽然又复遇见，数十年时间恍如一瞬，不禁愕然，有别一意义的今昔之感。此数十年中有甲午戊戌庚子辛亥诸大事，民国以来花样更多，少信的人虽不敢附和谓天国近了，大时代即在明日，也总觉得多少有些改变，聊可慰安，本亦人情，而此区区一小事乃即揭穿此类乐观之虚空者也。

北平未闻有宝卷，宝卷亦遂不易得。凑巧在相识的一家旧书店里见有几种宝卷，《刘香女》亦在其中，便急忙去拿了来，价颇不廉，盖以希为贵软。书凡两卷，末页云，同治九年十一月吉日晓庵氏等敬刊，版存上海城隍庙内翼化堂善书局，首页刻蟠龙位牌，上书"皇图巩固，帝道遐昌，佛日增辉，法轮常转"四句，与普通佛书相似。全部百二十五页，每半页九行十八字，共计三万余言，疏行大字，便于诵读，唯流通甚多，故稍后印便有漫漶处，书本亦不阔大，与幼时所见不同，书面题辛亥十月，可以知购置年月。完全的书名为"太华山紫金镇两世修行刘香宝卷"，叙湘州李百倍之女不肯出嫁，在家修行，名唤善果，转生为刘香，持斋念佛，劝化世人，与其父母刘光夫妇，夫状元马玉，二夫人金枝，婢玉梅均寿终后到西方极乐世界，得生上品。文体有说有唱，唱的以七字句为多，间有三三四句，如俗所云拈十字者，体裁大抵与普通弹词相同，性质则盖出于说经，所说修行侧重下列诸事，即敬重佛法僧三宝，装佛贴金，修桥补路，斋僧布施，周济贫穷，戒杀放生，持斋把素，看经念佛，而归结于净土信仰。这些本是低级的佛教思想，但正因此却能深入民间，特别是在一般中流以下的妇女，养成她们一种很可怜的"女人佛教人生观"。十五年前曾在一篇小论文里说过，中国对于女人轻视的话是以经验为本的，只要有反证这就容易改正，若佛教及基督教的意见，把女人看作秽恶，以宗教或迷信为本，那就更可怕了。《刘香女》一卷完全以女人为对象，最能说出她们在礼教以及宗教下的所受一切痛苦，而其解脱的方法则是出家修行，一条往下走的路。卷上记刘香的老师真空尼在福田庵说法，开宗明义便立说云：

你道男女都一样　谁知贵贱有差分

先说男子怎样名贵，随后再说女子的情形云：

女在娘胎十个月　背娘朝外不相亲

娘若行走胎先动　娘胎落地尽嫌憎

在娘肚里娘受狱　出娘肚外受嫌憎

合家老小都不喜　嫌我女子累娘身

爷娘无奈将身养　长大之时嫁与人

嫁人的生活还都全是苦辛，很简括的说道：

公婆发怒忙陪笑　丈夫怒骂不回声

剪碎绫罗成罪孽　淘箩落米罪非轻

生男育女秽天地　血裙秽洗犯河神

点脂搽粉招人眼　遭刑犯法为佳人

若还堂上公婆好　周年半载见娘亲

如若不中公婆意　娘家不得转回程

这都直截的刺入心坎，又急下棒喝道：

任你千方并百计　女体原来服侍人

这是前生罪孽重　今生又结孽冤深

又说明道："男女之别，竟差五百劫之分，男为七宝金身，女为五漏之体。嫁了丈夫，一世被他拘管，百般苦乐，由他做主。既成夫妇，必有生育之苦，难免血水，触犯三光之罪。"至于出路则只有这一条：

若是聪明智慧女　持斋念佛早修行

女转男身多富贵　下世重修净土门

我这里仔细的摘录，因为他能够很简要的说出那种人生观来，如我在卷上所题记，凄惨抑郁，听之令人不欢。本来女子在社会上地位的低尽人皆知，俗语有"做人莫做女人身，百年苦乐由他人"之语。汪梅翁为清末奇士，甚有识见，其二女出嫁皆不幸，死于长毛时，故对于妇女特有创见。《乙丙日记》卷三录其"生女之害"一条云：

"人不忧生女，偏不受生女之害，我忧生女，即受生女之害。自己是求人的，自己是在人教下的。女是依靠人的，女是怕人的。"后又说明其害，有云：

"平日婿家若凌虐女，己不敢校，以女究在其家度日也，添无限烦恼。

婿家有言不敢校，女受翁姑大伯小叔妯娌小姑等气，已不敢校，遂为众人之下。"此只就"私情"言之，若再从"公义"讲，又别有害：

"通筹大局，女多故生人多而生祸乱。"故其所举长治久安之策中有下列诸项：

"弛溺女之禁，推广溺女之法，施送断胎冷药。家有两女者倍其赋。严再嫁之律。广清节堂。广女尼寺，立童贞女院。广僧道寺观，唯不塑像。三十而娶，二十五而嫁。女人服冷药，生一子后服之。"又有云：

"民间妇女有丁钱，则贫者不养女而溺女，富者始养女嫁女，而天下之贫者以力相尚者不才者皆不得取，而人少矣，天下之平可卜。"梅翁以人口多为祸乱之源，不愧为卓识，但其方法侧重于女人少，至主张广溺女之法，则过于偏激，盖有感于二女之事，对于女人的去路只指出两条最好的，即是死与出家，无意中乃与女人佛教人生观适合，正是极有意义的事。梅翁又絮絮于择婿之难，此不独为爱怜儿女，亦足以表其深知女人心事，因爱之切知之深而欲求彻底的解决，唯有此忍心害理的一二下策矣。《刘香女》卷以佛教为基调，与梅翁不同，但其对于妇女的同情则自深厚，唯爱莫能助，只能指引她们往下走去，其态度亦如溺女之父母，害之所以爱之耳。我们思前想后良久之后，但觉得有感慨，未可赞同，却也不能责难，我所不以为然者只是宝卷中女人秽恶之观念，此当排除，此外真觉得别无什么适当的话可说也。

往上走的路亦有之乎？英诗人卡本德云，妇女问题要与工人问题同时解决。若然则是中国所云民生主义耳。虽然，中国现时"民生"只作"在勤"解，且俟黄河之清再作计较，我这里只替翼化堂充当义务广告，劝人家买一部《刘香宝卷》与《乙内日记》来看看，至于两性问题中亦可藏有危险思想，则不佞未敢触及也。

二十五年六月二十五日，于北平

（选自周作人《瓜豆集》，宇宙风社1937年3月版）

碑

废 名

太阳远在西方，小林一个人旷野上走。

"这是什么地方呢？"

眼睛在那里转，吐出这几个声音。

他本是记起了琴子昨天晚上的话，偷偷的来找村庙，村庙没有看见，来到这么一个地方。

这虽然平平的，差不多一眼望不见尽头，地位却最高，他是走上了那斜坡才不意的收不住眼睛，而且暂时的立定了，——倘若从那一头来，也是一样，要上一个坡。一条白路长长而直，一个大原分成了两半，小林自然而然的走在中间，草上微风吹。

此刻别无行人，——也许坡下各有人，或者来，或者刚刚去，走的正是这条路，但小林不能看见，以他来分路之左右，是可以的。

那么西方是路左，一层一层的低下去，连太阳也不见得比他高几多。他仿佛是一眼把这一块大天地吞进去了，一点也不留连，——真的，吞进去了，将来多读几句书会在古人口中吐出，这正是一些唐诗的境界，"白水明田外"，"天边树若荠"。然则留连于路之右吗？是的，看了又看，不掉头，无数的山，山上又有许多大石头。

其实山何曾是陡然而起？他一路而来，触目皆是。他也不是今天才看见，他知道这都叫做牛背山，平素在城上望见的，正是这个，不但望见牛背山上的野火，清早起来更望见过牛背山的日出。所以他这样看，恐怕还是那边的空旷使得他看罢，空旷上的太阳也在内。石头倒的确是特别的大，而且黑！石头怎么是黑的？又不是画的……这一迟疑，满山的石头都看出来了，都是黑的。树枝子也是黑的。山的绿，树叶子的绿，那自然是不能生问题。山顶的顶上有一个石头，惟它最高哩，捱了天，——上面什么动？一只鹞鹰！一动，飞在石头之上了，不，飞在天之间，打圈子。青青的天是远在山之上，黑的鹞鹰，黑的石头，都在其间。

一刹间随山为界偌大一片没有了那黑而高飞的东西了，石头又与天相接。

鹞鹰是飞到山的那边去了，他默默的相信。

"山上也有路！"

是说山之洼处一条小路。可见他没有见过山上的路，而一见知其为路。到底是山上的路，仿佛是动上去，并不是路上有人，路蜿蜒得很，忽而这儿出现，忽而又在那儿，事实上又从山脚出现到山顶。这路要到那里才走？他问。自然只问一问就算了。然而他是何等的想上去走一走！此时倘若有人问他，做什么人最好，他一定毫不踌躇的答应是上这条路的人了。他设想桃花湾正是这山的那边，他有一个远房亲戚住在桃花湾，母亲说是一个山脚下。他可以到桃花湾，他可以走这条路，但他又明白这仅仅是一个设想似的，不怎样用力的想。

他没有想到立刻上去——是何故？我只能推测的说是有这么一个事实暗示着，太阳在那边，是要与夜相近，不等他上到高头，或者正上到高头，昏黑会袭在他的头上。

总之青山之上一条白道，要他仰止了。至于他是走在绿野当中大路上，简直忘却，——也真是被忘却，他的一切相知，无论是大人或小孩，谁能平白的添进此时这样的一个小林呢？倘若顷刻之间有人一路攀谈，谈话的当儿也许早已离开了这地方罢。

但是，一个人，一掉头，如落深坑，那边的山又使得这边的空旷更加空旷了，山上有路，空旷上有太阳。

依然慢慢的开步子，望前面，路还长得很，他几乎要哭了，窘——

"这到底是什么地方呢？"

突然停住了，远远路旁好像一只——不，是立着的什么碑。

多么可喜的发现，他跑。

见了碑很瞧不起似的——不是说不好看，一块麻石头，是看了碑上的四个大字：

阿弥陀佛

阿弥陀佛，谁也会念，时常到他家来的一个癞头尼姑见了他的母亲总是念。

他又有一点稀奇——

"就是这么'阿弥陀佛'。"

听惯了而今天才知道是这么写。

石碑在他的心上，正如在这地方一样，总算有了一个东西，两手把着碑头，看不起的字也尽尽的看。到了抬头，想到回去，他可怕了，对面坡上，刚才他望是很远，现在离碑比他所从来的那一方近得多，走来一个和尚。

他顿时想起了昨夜的梦，怪不得做了那么一个梦！

虽然是一天的近晚，究竟是白天，和尚的走来随着和尚的袍子的扩大填实了他，那里还用得着相信真的是一个人来了？

未开言，和尚望他笑，他觉得他喜欢这个和尚。

最有趣的，和尚走近碑，正面而立，念一声阿弥陀佛，合什，深深的鞠一个躬，道袍撒在路上，拖到草边。

"小孩，你在这里做什么？"

"师父，你对这石头作揖做什么呢？"

两人的问差不多是同时。

"这石头——"

和尚不往下说了。这是所以镇压鬼的。相传此地白昼出鬼。

他又问：

"这一处叫做什么地方呢？"

"这地方吗？——你是从那里来的？"

"我从史家庄来。"

"那么你怎不知道这地方呢？这叫做放马场。"

放马场，小林放眼向这马场看了。一听这三个字，他唤起了一匹一匹的白马。

马到这里来吃草倒实在好，然而很明白，这只是一个地名，马在县里同骆驼一样少，很小很小的时候他只在衙门口的马房里见过几匹。

他是怎样的怅惘，真叫他念马。

"小孩，你头上尽是汗。"

和尚拿他的袍袖替他扇。

"从前总一定放过的。"他暗地里说，以为从前这里总一定放过马的了。著者因此也想翻一翻县志，可惜手下无有，不知那里是否有一个说明？

"你回去吗？我们两人一路走。"

"师父往那里去呢？"

"我就在关帝庙，离史家庄不远，——你知道吗？"

"不知道，——我找了一半天村庙没有找到。"

和尚好笑，这个孩子不会说话。

一句一句的谈，和尚知道了底细。村庙就在关帝庙之侧，不错，树林过去，如琴子所说，小林却也恰恰为树林所误了，另外一个树林过去，到放马场。

两个人慢慢与碑相远。

"师父，关公的刀后来又找着了，——我起初读到关公被杀了的时候，很着急，他的马也不吃草死了，他的青龙偃月刀落到什么人手上去了呢？"

突然来这么一问，——问出来虽是突然，脑子里却不断的纠缠了一过，我们也很容易找出他的线索，关帝庙，于是而关公，关公的刀，和尚又是关公庙里的和尚。

和尚此刻的心事小林也猜不出呵，和尚曾经是一个戏子，会扮赵匡胤，会扮关云长，最后流落这关帝庙做和尚，在庙里便时常望着关公的通红的脸发笑，至今"靠菩萨吃饭"已经是十几年了。

"你倒把三国演义记得熟，——青龙偃月刀曾经落到我手上，你信吗？"和尚笑。

这个反而叫他不肯再说话了。和尚也不说下去。

他走在和尚前，和尚的道袍好比一阵云，遮得放马场一步一步的小，渐渐整个的摆在后面。

一到斜坡，他一口气跑下去。

跑下了而又掉头站住，和尚还正在下坡。

山是看得见的，太阳也依然在那块，比来时自然更要低些。

（选自《中国新文学大系散文一集》

良友图书公司1935年版）

天目山中笔记

徐志摩

扫一扫，
♫ 收听有声版

佛于大众中　说我当作佛
闻如是法音　疑悔悉已除
初闻佛所说　心中大惊疑
将非魔作佛　恼乱我心耶

————莲华经譬喻品

　　山中不定是清静。庙宇在参天的大木中间藏着，早晚间有的是风，松有松声，竹有竹韵，鸣的禽，叫的虫子，阁上的大钟，殿上的木鱼，庙身的左边右边都安着接泉水的粗毛竹管，这就是天然的笙箫，时缓时急的参和着天空地上种种的鸣籁。静是不静的；但山中的声响，不论是泥土里的蚯蚓叫或是轿夫们深夜里"唱宝"的异调，自有一种各别处：它来得纯粹，来得清亮，来得透彻，冰水似的沁入你的脾肺；正如你在泉水里洗濯过后觉得清白些，这些山籁，虽则一样是音响，也分明有洗净的功能。

夜间这些清籁摇着你入梦，清早上你也从这些清籁的怀抱中苏醒。

山居是福，山上有楼住更是修得来的。我们的楼窗开处是一片蓊葱的林海；林海外更有云海！日的光，月的光，星的光：全是你的。从这三尺方的窗户你接受自然的变幻；从这三尺方的窗户你散放你情感的变幻。自在；满足。

今早梦回时睁眼见满帐的霞光。鸟雀们在赞美；我也加入一份。它们的是清越的歌唱，我的是潜深一度的沉默。

钟楼中飞下一声宏钟，空山在音波的磅礴中震荡。这一声钟激起了我的思潮。不，潮字太夸；说思流罢。耶教人说阿门，印度教人说"欧姆""O——m"，与这钟声的嗡嗡，同是从撮口外摄到合口内包的一个无限的波动：分明是外扩，却又是内潜；一切在它的周缘，却又在它的中心：同时是皮又是核，是轴亦复是廓。这伟大奥妙的"Om"使人感到动，又感到静；从静中见动，又从动中见静。从安住到飞翔，又从飞翔回复安住；从实在境界超入妙空，又从妙空化生实在：

"闻佛柔软音，深远甚微妙。"

多奇异的力量！多奥妙的启示！包容一切冲突性的现象，扩大霎那间的视域，这单纯的音响，于我是一种智灵的洗净。花开，花落，天外的流量与田畦间的飞萤，上缩云天的青松，下临绝海的巉岩，男女的爱，珠宝的光，火山的溶液：一婴儿在它的摇篮中安眠。

这山上的钟声是昼夜不间歇的，平均五分钟时一次。打钟的和尚独自在钟头上住着，据说他已经不间歇的打了十一年钟，他的愿心是打到他不能动弹的那天。钟楼上供着菩萨，打钟人在大钟的一边安着他的"座"，他每晚是坐着安神的，一只手挽着钟棰的一头，从长期的习惯，不叫睡眠耽误他的职司。"这和尚"，我自忖，"一定是有道理的！和尚是没道理的多：方才那知客僧想把七窍蒙充六根，怎么算总多了一个鼻孔或是耳孔；那方丈师的谈吐里不少某督军与某省长的点缀；那管半山亭的和尚更是贪嗔的化身，无端摔破了两个无辜的茶碗。但这打钟和尚，他一定不是庸流不能不去看看！"他的年岁在五十开外，出家有二十几年，这钟楼，不错，是他管的，这钟是他打的（说着他就过去撞了一下），他每晚，也不错，是坐着安神的，但此外，可怜，我的俗眼竟看不出什么异样。他拂拭着神龛，神坐，拜垫，换上香烛，掇一盂水，洗一把青菜，捻一把米，擦干了手接受香客的布施，又转身去撞一声钟。他脸上看不出修行的清癯，却没有失眠的倦态，倒是满满的不时有笑容的展露；念什么经；不，就念阿弥陀佛，他竟许是不认识字的。"那一带是什么山，叫什么，和尚？""这里是天目山，"他说。"我知道，我说的是那一带的，"我手点着问。"我不知道，"他回答。

山上另有一个和尚，他住在更上去昭明太子读书台的旧址，盖着几间屋，供着佛像，也归庙管的，叫作茅棚。但这不比得普渡山上的真茅棚，那看了怕人的，坐着或是偎着修行的和尚没一个不是鹄形鸠面，鬼似的东西。他们不开口的多，你爱布施什么就放在他跟前的篓子或是盘子里，他们怎么也不睁眼，不出声，随你给的是金条或是铁条。人说得更奇了。有的半年没有吃过东西，不曾挪过窝，可还是没有死，就这冥冥的坐着。他们大约离成佛不远了，单看他们的脸色，就比石片泥土不差什么，一样这黑枣刺刺，死僵僵的。"内中有几个，"香客们说，"已经成了活佛，我们的祖母早三十年来就看见他们这样坐着的！"

但天目山的茅棚以及茅棚里的和尚，却没有那样的浪漫出奇。茅棚是尽够蔽风雨的屋子，修道的也是活鲜鲜的人，虽则他并不因此减却他给我们的趣味。他是一个高身材，黑面目，行动迟缓的中年人；他出家将近十年，三年前坐过禅关，现在这山上茅棚里来修行；他在俗家时是个商人，家中有父母兄弟姊妹，也许还有自身的妻子；他不曾明说他中年出家的缘由，他只说"俗业太重了，还是出家从佛的好。"但从他沉着的语音与持重的神态中可以觉出他不仅是曾经在人事上受过磨折，并且是在思想上能分清黑白的人。他的口，他的眼，都泄漏着他内里强自抑制，魔与佛交斗的痕迹；说他是放过火杀过人的忏悔者，可信；说他是个回头的浪子，也可信。他不比那钟楼上人的不着颜色，不露曲折；他分明是色的世界里逃来的一个因犯。三年的禅关，三年的草棚，还不曾压倒，不曾灭净，他肉身的烈火。"俗业太重了，不如出家从佛的好"；这话里岂不颤栗着一往忏悔的深心？我觉得好奇；我怎么能得知他深夜趺坐时意念的究竟？

　　佛于大众中　说我当作佛

　　闻如是法音　疑悔悉已除

　　初闻佛所说　心中大惊疑

　　将非魔作佛　恼乱我心耶

　　但这也许看太奥了。我们承受西洋人生观洗礼的，容易把做人看得太积极，入世的要求太猛烈，太不肯退让，把住这热虎虎的一个身子一个心放进生活的轧床去，不叫他留存半点汁水回去；非到山穷水尽的时候，决不肯认输，退后，收下旗帜，并且即使承认了绝望的表示，他往往直接向生存本体的取决，不来半步阑珊的收回了步子向后退：宁可自杀，干脆的生命的断绝，不来出家，那是生命的否认。不错，西洋人也有出家做和尚做尼姑的，例如亚佩腊与爱洛绮丝，但在他们是情感方面的转变，原来对人的爱移作对上帝的爱，这知感的自体与它的活动依旧不含糊的在着；在东方人，这出家是求情感的消灭，皈依佛法或道法，目的在自我一切痕迹的解脱。再说，这出家或出世的观念的老家，是印度不是中国，是跟着佛教来的；印度何以会发生这类思想，学者们自有种种哲理上乃至物理上的解释，也尽有趣味的。中国何以能容留这类思想，并且在实际上出家做尼僧的今天不比以前少（我新近一个朋友差一点做了小和尚！），这问题正值得研究，因为这分明不仅仅是个知识乃至意识的浅深问题，也许这情形尽有极有趣味的解释的可能，我见闻浅，不知道我们的学者怎样想法，我愿意领教。

一九二六年九月四日《晨报副刊》

（选自《巴黎的鳞爪》，新月书店1927年8月版）

山中杂记

徐祖正

一

　　一上午整理行装，心中略带难过。想到我要与这个住熟的家庭分别了，我实在觉得舍不得。这是感伤病么？我照实对李牧师说，又照实写信对启民兄说。看李牧师也像对我依依。他要我再一同吃一次中饭后走。中饭后，叫来的藤轿已在大门外等候我了。坐进藤轿，在大门口与李老太太李牧师等道别。两件行李叫了挑夫跟在后面。毛金华也跟着送我进山去。昨夜来没有睡好，今朝来头沁沁的不舒服。不一会轿子已出了北门。左边的群山苍翠。眼见渐入山道，常在郁葱的树林中经过。只有轿夫们着地的脚踵声斫破了山林中的静寂。我在轿子内想道此去不知安吉如何。

那种大寺院，给我糊里糊涂搬了进去，后来如何酬谢？于是更觉得胆馁。轿子到山门了。我泰泰然的走进去。穿过好几进大殿，走到隐秀的方丈里去。香伙出来招呼，说当家今天进城去了。看那个香伙还和善可亲。他领我到前天看定的后院一个房间里去。后面的行李及毛金华等也来到了，搬进房间来。要毛金华给我安排定当后，教他早早回去罢。教他留住在李家帮他们的忙。他去后我倒卧在床上。休息多时方能把方才不安的心绪镇静下来。此刻起床来走到房间外的小院里去。隔墙是个竹林。杂有高古的大树。枝叶满盖在院子上，我住的屋面上，有阴雨的样子。鹰鸟的飞舞徊翔特别的多。走到前院，会见那位监院西境师。他是个非常拘谨的人。他又要陪我走了。我只得反尔陪他走走似的，和他在寺内从这殿走到那殿。又走到隔壁那个竹林里去。西境师在竹林下仰昂了头，两手举起了宽敞的海青袖叉着腰，静看了一回飞翔鸣叫的鹰鸟，指点我而说道：

"每逢天气快变，鹰鸟必定那么多。"

我像就是听了那句话也还领会不到禅意似的，只是唯唯。我又陪他回来，走过几个大殿，走进方丈，到我的房里。他陪我坐了一回而去。我从此是一个人！心里着实感到一种莫名的悲伤。像被世人离弃了的那种悲伤。深山的古寺里真是清寂。心脑肠腑都是透彻那样的清寂。香伙端晚饭来了。还适口。吃了到山门外右边那个高坂上去。发现去年夏天与王仲廉朱若水兄等曾游之地，那个悬崖上的大石桥边。黄橙橙的山百合开在薄暮的溪谷里。下面有幽静的钟磬声了。

清晨入古寺

初日照高林

曲径通幽处

禅房花木深

山光悦鸟性

潭影空人心

万籁俱此绝

惟闻钟磬声

唐朝常建的这首破山寺后禅院的绝唱正是歌咏这个今名的虞山兴福寺了。我住的后院或许就是常少府驻足地的后禅院罢。那末这个钟磬声也是同一的钟磬声么？我不再穿凿了。因为同一地方同一钟磬声，而听的人不同，有什么相干呢？近来每多这样的叹息。

不过我得了一个考证。第二句中的高林本可作为高古的树林解。通行的唐诗解注本上好像是那么解释的。此刻在寺境内庙壁上发现一块石碑，是米芾写的这首诗。而旁边又有一个小碑，说破山寺之东相距一箭地有一高林寺。本来从北门外的大街转到这兴福寺走的那条二里余的林路上最初必先经过的是那高林寺。而此刻就是高林寺的遗址也是渺焉难寻的了。

《梅村集》中有首《夜发破山寺别鹤如上人》。

得来松下宿

初月澹相亲

山近住难定

僧高别更真

暗泉随去马

急月卷妇人

过尽碧云处

我心惭隐沦

那位西境师看来颇有修养，不见得不是高僧。我固尚未与他作别。然而照我近来空漠的心怀，虽到临别，虽别的真，也不见得有诗了。万事只有祈祷！

二

记得在兴福寺后面的山腹里有一个名帘珠洞的古刹。出门当时原来抱了这个目的在心，如今是沿着溪流边的幽径慢慢地走去。举眼不见天日的那么茂密阴森的杂树林，围绕着我的去路。只找渐向高坡去的小径走上去，大概必定找得到那个目的地。从习惯成了性僻，每逢走生路不喜欢问人。在密林里也有茅屋几椽的小村落，偶尔在满罩绿荫的农场边发见个把面貌谨朴的农夫，自己也不想去问他，只同他打个招呼走过。

那条悠静的山溪在不知几时已与我分手而去了。自己此刻已在地势稍高的林墓丛里了。在疏松的清朗里见到许多规模宏大的古墓。及到走近去一看，也只是"江西省候补县丞王公○○之墓"，"加一级同如衔周公○○之墓"等算不上什么显宦高官，而死后的排场已经如是，想见他们生前的享受，也定比我们乱世之民高出万倍了。如是从而生起了思古之幽情。对于古时的追慕往往生起对于现代的嫌恶。寝馈于古书籍的人们也难怪要去咒诅近代的文艺了。

　　愈到了高处，古坟愈多。从疏林间豁处望见方才从那里面披拂而过的那些葱翠的密林。身上觉得热而有点疲惫。但是目的地的帘珠洞还不知道在那里。尽在这些荒坟里乱走，心里委实也有些空洞的胆怯。

　　略带了些焦躁的努力，被我攀上了那个小冈的顶巅了。就在那个顶巅上看出一条较阔的大道。只有这条大道一定可通帘珠洞去——自己好像心有把握似的恢复了勇气。

　　顺着那条大路也走了好些时候。越过了一个冈峦转面处，忽然之间一个展开的峡谷呈现在眼面前。另一嵫嶂耸起在隔一深谷的对岸。我的视线渺远的飘到谷底展合处的山峡里，似有一座久断香火的古刹。看到对面的山腹处也有蜿蜒着的几条引领到那座古刹去的山路。远望那几条山路，宛如盘旋的细索，宽松松系缚在那个腰部。漫步走去，设想到对面那些条条的山路上不知走过了多少虔敬的、迫切的、热诚的朝山者；那些蜿蜒的山路本身好像能从远处在那里陈说。可是那一条山路是那一个人走开的呢，这是等于"江上何人初见月"那个永久的谜问了。我一头心想着那个谜问，走着下坡的山路。逐渐清晰的那个山峡底里的古庙映进到眼帘上来了。直觉到那个就是我要找寻的帘珠洞了。初夏的残阳还是热烘烘的从对岸的山上面射下来。顺道而下，就到了悬在两峡上面的一条巨岩石桥上。自己已在由下而上仰瞻得到庙门上一块剥蚀了的《帘珠古庵》的匾额位置上，桥头尽处又有一座巨大的岩石。那座庙是建筑在巨岩本身上，从此俯临下视于两峡之间，渺远地维系着缘着山腹间的细道而来的人们的心魂的。

走上那个巨岩边的石级，踱进剥蚀匾额下的山门，见到一个院子。院子对面是正殿了。殿内照例的地方有些照例的佛像。终是不见人面。只有看得出时常打坐的一个蒲团及旁边一脚懒椅上面的蒲团，好像留着人去不久的凹窝，并且表出一种枯寂里的安静。正殿后面是后院，又信步走入侧殿都不见人影。又从侧殿穿了几所空屋，适巧又到了方才山门的近旁来。那所空屋的窗子是俯临涧谷的，我在那边畅了些神然后又从山门走出。在空庙里穿了一周，心里更其觉得怪空漠的。下了原来的石级，只有归去的路了。坐了下来休息。眼看岩石桥彼岸的山路上还晒着太阳。心想道等那个太阳晒过了对岸的山路然后回去罢。而回头去看背后嶙峋上的日头却已见不到了。正在那时，我的视线偶尔飘到方从上面走下来的那山门前的巨岩平台上去，见到高高地在巨岩石上耸着一个对着下面静视的人影。那个人影上面适巧有些树荫遮着，现得那人的脸貌不甚清晰。他既无动作又无声息，只是入了定的那样对着下面静视。下面被他静视的只有我。我又看到那人体格之雄伟。虽在他的静默中得到了些尊严之感，毕竟在如此荒山里，有点胆怯。于是我也保持不出声，悠然眼看着对岸山路上的日脚。

我又回头去看他时，他从静视的状态变在那里漫步了，但还注视着我。我于此时看到他身上是穿的僧服。我此时方稍安心，一头仍注视他在上面那个龙行虎步的样子。我们对看了好几次，他先开口了。

"何不上来坐坐去。"

"这里很好，谢谢你。"

我如是回答后又看他两手叉着腰一头走着，向山谷下凝望的姿势非常雄伟。于是我就觉得要和他攀话去了。自发的走上石级去。和他初次接谈时就觉得自有出家人那样现露于言语眉目上的谦逊萎缩。请教姓名后，知道他名"永一"，安徽人，宣统二年出的家，早先是务农的。我觉得再不好寻问他所以出家的原因。因为想到出家人定有想定了的一念。这个一念或是什么，或是什么，大都就在口头，而有时说也说不出口的。

我听他说在这几年间已走遍名山，如峨眉五狱之类。每到一处可以任意居留。路上又是随缘食宿，身上可以不带路银。我听了非常欣羡他。我说"你们出家人真是来去自由"，那么赞美他的僧侣生活。他照例是那副谦逊萎缩的言语眉目对我说道"我们这些是世上没用的人"。我看出他说话时也并非故事谦逊。在如此荒山穷谷里，一个人朝朝暮暮的枯寂下去，自己当然有被一切的世人离弃以后的焦痛。方才正殿内的那个打坐的蒲团以及旁边那个竹榻可以说明他的起居生活了。

"那里的话。世上无论什么人，为自己修心养性都是要紧的。关于这一点，你们比什么人都有独到处。"我的话结局还是赞美。

我问他涧桥左边山腹上的几条山道可通何处，他说可达中峰。于是谈到了此刻还住在中峰山庙里我此次尚未见面过的旧友S君来。他说S君每逢晴日，常常越岭而来，畅谈竟日而去。他也知道S君从外国回来后，娶得了一位贤慧夫人。他听说我与S君在同一的外国有相当友谊的，于是他就在我面前陈述了S君为人如何清高，求学如何恳切。我眼看到下面条条的山路，说时常有S君的足迹，因之渺想到好久不见的旧友S君那边去；又沉思到那位S君把说是美满的家庭，贤慧的夫人抛撇开了，来到这种荒山里独自枯居着的他生活的自得处。

眼看对面山路上的日脚已经移过了好久，被左边的崎蟑遮住，一不在意，已是晚色苍茫的周围了。问了归路，他说依着对面那条宽阔的山路，一直走去就可不走方才的密林，直达兴福了。我在晚色苍茫里与永一和尚告别。走下石级，踱过涧桥，一步步走着归路的坂道。一回头去，看见那边岩石边树荫下依然有个屹然不动作雄伟凝视状的和尚。"望之俨然，接之也温。"我在永一师身上记出那句话来。

"我们是没用的人。"那句话又奇异似的浮现在归途的心怀上。同时又有说那句话时，那永一和尚脸上表现的枯寂神情。一忽尔又渺想到住在只隔一岭远的中峰山庙里那个旧友来。他是先我回国来，在一个江南著名的学校里找到了职业，不久就在那个学校里娶到那位贤慧夫人。他的艳闻飘进我们海外羁客的耳朵时，大家现出的欣羡神色！去夏与朱湘同来常熟，在酒席上的谈话里，听那个S说道"什么新婚的幸福，和爱的家庭，都只是瞬间时日的满足罢了。"在那时知道他住进山庙里已有一二年。他住处此刻还在山庙里……夜色苍茫的山路走尽时，一抬头去，前面高林尽处的夹道中黄墙上《兴福禅寺》那个巨大的匾额，已隐隐在望了。

"这个世界以外定有另一个也能使人安住的世界。我今天的心胸宽畅极了。"心中那么自得的时候，前院已闻得木鱼声，幽远的钟磬声了，在静寂的清夜山寺里。

三

劳倦极了，劳倦极了。昨天走路太多，夜间苦楚又发。今晚夜饭后只在寺门外走走。沿着林道右边又走到了那条离寺门不远的高坂上巨岩石桥边去。桥上徘徊了些时，发见有一条黄石子铺成的山路在接近走着的山路地方。被大雨后的山水冲坏，初看认不出是条路了。只要在杂树林下攀登三数丈远就可以走上那条黄石子铺成的路。想想上面究竟可通什么地方罢，于是攀援而登，一步步走向前去。知道这是渐渐走在兴福寺前对面的山头上去。黄石子路是新铺的，石子边上还未脱锋角，知道一向是少人往来。随着几个转折，就到了尽头处了。石路尽处是新建的一个大石坟。白石的华表，牌坊，石栏干；直通塚穴的墓道都是整块的白石砌成，两边是冷松静木荫罩着。牌坊上写着"天宁塔院"，下面署名"弟子程德全谨书"，知道这是常州天宁寺老和尚的坟墓。看看这些白石已经所费不小了。又是爱发议论的性僻来了："既然生在空门，又何必死后给他那么物质上的壮丽呢。"

背着墓门，向山下远眺去，又发见这个优良的地势真是大费拣选而得的。下面层层的林木荫子下就有藏盖着的兴福寺。把目光放到稍远处去，有一片茂密的树林，那里面许多的道场僧舍都是兴福寺的庙产。又望到目极处，那里有渺渺一水与地平相接，知道就是扬子水色了。在墓畔出神了一会，再从白石墓道上深进去，深尽处是主穴的馒头塚，这塚也用白石筑成。塚的周围又是方方一个铺成白石面的小场，周围都又是白石栏干，后面紧接着山背了。比石碑坊处又高了一层，我以为此处当更无人迹，一个人正在高眺远瞩的时候，忽然从塚后现出一个白衣人来，我骤然为之一凛。但看那人倒并不理会。手里拿着书，读得很热中的那样，又像略带微吟。身穿的就是所谓"衲"的那件短衣了。赤脚着的草鞋在石坂上走不出声音。他见人似属未见，只顾念书。我也留了神，保持沉默。塚畔石栏干边发见有条上通山背的小道，也是用白石堆成的。我走完石级，眼前是一座小庙。望里面似有人住的。正在徘徊间方才那个白衣僧也走了上来和我打招呼。我也恭敬的回答他。他请我入内稍坐，我就不客气的进去了。一直走到殿上，遂又走进他住的房间里去坐下。我报姓名，他通名号。他名"径西"，湖北襄阳人。我说往年到过湖北又曾到过襄阳（想起来那还是十四年前随在所谓北伐军营幕里的时候），于是彼此好像找见了第二乡亲似的谈得来了。他与昨天后山里遇见的永一师不同，一见面就能告我出家的动机，又发挥了他为僧的抱负。说家里本极富足，家乡自遭白狼之乱，杀人如麻，人死还不如狗死。于是烦闷顿生，想到人生毕竟生从何处来，死到何处去。就此慨然出家，追求那个烦闷的解决。从家门出来，最初顺着那条汉水而下，在武昌的洪山逗留了些时，从此又发脚东下，尔来也有若干年的求道岁月了。说在杭州住了两年，此刻一个人住在这个归兴福寺管辖的天宁塔院里。我看他年纪还轻，自有一种鄂人特有的表情。想道在我鄂中漂流的时代，他还是一个小孩年纪呢。本来白狼之乱，距今约莫也有了十年了罢。他人还诚实，从木板墙边取出一个一磅容量的热水壶来，倒出一杯白开水给我喝。和我说话时微有口讷，嘴唇边时时起着痉挛。知道他已抵耐久了那种孤独的压迫。

毕竟径西师年纪还轻，随处有些棱角，时时有对我劝善说法的意思。我只赞他有志。我说新兴的中国本来百事待举。各宗教之复兴又正其时了。宗教界也缺乏真正的人才。西哲有言曰：民族之觉醒须先有灵魂之觉醒。我说同一教主，我也理解释迦之慈悲，而又景爱耶稣之血性。

一不在意，我自己也现了锋芒与他发了议论了。急切下山来又是落寞的黄昏时分了。

一头走着林间的夜路，想起方才天宁塔院里那个径西师房内板墙上悬着一本木刻颜真卿的大字碑帖，大概是他朝晚用作观摹的。说也奇怪，我在武昌粮道街上也曾买过一本与他同样的颜字帖，在那边闲居时候还当真的临摹了些时，如今还许在书箧内找得出。

"近来的僧侣中也尽有些奋发有为的人了。像那个径西，总算是一个有志者。我更钦羡他那种坚决斩截彻底于孤独的精神。觉得自己在风尘中所步的那条孤寂的道路，其实还算不上一回事……"一头沉想着，沉想着，漫步踱进"兴福禅院"里去的是我。

四

木末芙蓉花

中山发红萼

涧户寂无人

丝丝开且落

口吟着这首悠古的诗句，发现我的心又已沉静而蕴润。我是坐在东厢房长窗格下看着窗外院子里木棚上的一颗玫瑰花。那个掩盖半院的木棚上翠绿的叶子间有一朵朵灼红的花。第一次走来发现这个花棚时候，心里怀着一个绝大的惊异。有那么幽丽的处所！玫瑰花是我向来心好的花名。山中静院里如今独对著的是那么繁富的玫瑰花丛。花下平铺的庭石上真是锦绣满堆样的落红缤纷了。小鸟在花枝间喙啄，把翠绿灼红的叶瓣上晶莹的珠滴毫不珍惜似的碎落下来。纤细的脚掌践伏了软嫩的花枝给了一个不意的反动后，它们就半带轻狂，更是重重一践，蓬——的一飞。晶珠万滴，晶珠万滴！我知道它们真是胆细的小鸟儿。如今飞过了砌着梅花瓦的白粉墙，躲进花瓦里看得见后园密密的竹林里夫了。于是回来的是周围的静寂。只有那颗繁富的玫瑰花一朵朵向人含娇，向人招展，向人点首，向人微笑——在静寂的不言中。

涧户寂无人
丝丝开且落

我又那么微吟著，在我的心头，又在玻璃长窗格的东厢内走走。室内陈式之古朴而精雅，在满堂的字画中，在坚整的桌椅上表出。黝暗的天花板下挂着一堂四个玻璃的彩灯。灯的四角都有长长的流苏。想到每逢大户人家入山来做道场佛事，有的全家男女老幼都来山中住宿的时候，这间精舍是如何适合他们从俗世的情谊中提醒出对于往生者永久的哀思与追忆。想到那种时候也许有随着家里的尊长入山来伴伴热闹的男女青年们在这种流苏气的灯烛下偶然发见了另有一番庄严肃敬气的尊长们的脸面时候，在他们她们软玉温香的心弦上不知要加添多少人生的紧张味与深刻味。

　　与东厢成对称式隔着一个中殿的有个西厢。装潢陈式与东厢相仿。也是极幽致的一间客厅。长窗格外面的院子比之东厢却狭小一半。那个白粉墙下的花坛里面不是玫瑰花乃是已经开过了的杜鹃花树。花坛前面是一个小小的金鱼池。池北小石路通去的是个月字门。门内就是后院的西房——我住的房间前面小方天井了。站在小方天井里与坐在西厢方整的红木椅上越过了白粉墙可以看得到的绿竹与长松，这是接连东厢粉墙外以及围绕后院的背面与我住房背面的那个后园了。东西两厢间的中屋乃是方丈内最庄严的所在。正中设有一个高高的法座。座旁倒竖一根朱漆老树根的法杖。法座后面屏门的上部以及两边墙壁的上部都挂着方形黑字朱漆的木牌。上面都写着两个一面的大字。什么叫"升座"，"讲经"，"传戒"之类，也不知几时应用，怎么用法；总之是庄严的佛教规范。中殿前面是个较大的庭院。从这个庭院走过，向右再向左穿过一条长长的走廊，就可通到兴福寺的本殿，从外面山门进来须先过一个中殿然后走到有"大雄宝殿"的本殿，再从本殿穿过长长的走廊进来的就是方丈了。

　　我方才从我的住房经过了后院中间的"影堂"从侧门里走进东厢去的。是深静的下午。如今我又从东厢另一侧门踱出来穿过有法座的中殿走到那个较大的庭院里来。中庭两边也有梅花瓦砌着的粉墙。粉墙后面靠东一边是库房以及方丈监院等的住房，一边又是精雅的客人房间预备进香入山来的人住的。当初我也看定那西边的客房。后来监院西境师说有的客人恐怕嫌闹，所以另在后院西房借作我的住房。有时日暮时分一个人在后院幽静不过的住房内挨倦了走出来，经过了后院的"影堂"，穿过有法座的中间走到这个较大的庭院里来立定，庭院里也只有空廊的幽静。在日暮时分空廊的幽静里，我站在中庭默听前面大雄宝殿里的诵经声钟磬声由那个长长的走廊里传响过来。那个有数百人一起的大殿里从沉静含练的心喉里倾吐出来的悠宛嘹亮的诵经声往往使我驻足倾听到几乎失神。我每每想念到那数百和尚虽有根气道心的厚薄深浅之别，但在崇高的殿宇内庄严的法相前他们从谙熟忆烂的经句中交流出来的那个融和一致的经声不知有多少的恬静，多少的默悟，多少的谛慰给于地上的男女。听了他们肉的声，生起了种种灵的景慕。这是我一向以来常在这个中庭内生起的景慕。今天时候尚早。雨中的中庭更极幽静。石台上不见常常一个人坐着静思默念的那个监院。游人香客今天看来也是极少。我今天也是极少有的这种沉静低徊的蕴润心怀。

　　　　　　　绿荫帘半揭

　　　　　　　此景清幽寂

　　　　　　　行度竹林风

　　　　　　　单衫杏子红

像这么半首词句里的江南初夏情景我此刻正在消受着呀！江南的春景可已被我在卧病的深山中暗度过的了。

　　中庭梅花瓦的白粉墙边花坛内有枝叶并茂的芍药花。真正的芍药花还只是含苞未放。我走去弯下身子细看那些花蕾，有种伸展的势力。可是时候未到，以前是务必想蕴蓄深藏紧紧卷抱着的那个花蕾的嫩白玉掌上面，可以看得到刻镂着的红细丝纹。想道这或许是千叶的所谓簇红丝或是聚香丝种罢。

　　仰望天空，晴阴莫定。浓密的湿云里也间有一线阳光。或者再不会马上又下朝晨那种滂沛的雨来的了。一个人低徊着，想想近来的孤独不一定单给些苦楚来，能在孤独的抵耐里找到仅有的宽闲的我了。

正一个人在中庭散步自得之际，忽然从中殿内走出一个人来。衣貌风采是个中年绅士。我只好重回到观看还未开放的芍药花上。偶尔抬头，看那个绅士似有和我招呼之意。在花前略略攀谈，就知道绅士姓沈名心槎（？），本县人，他自说早年到过日本。他说客厅里尚有同来的朋友，要我进去会会。我有点强勉。说不如请他到我后院房间里去坐坐。他固强，我只好走进西客厅去。见座中有一老者年五十许，清癯的面容，口音同是常熟。两个青年，三十许人。老者姓萧，少者二人都姓程。忽然少者的一人脸露惊讶的问我道：

"曾与先生认识，不知是否——"

"呀，你是程雪门兄？"

我大喜忙去同他握手，真是奇遇，真是奇遇！爽快极的谈了一阵。那位沈先生也莫明所以的只是傍坐纳罕。雪门兄形容还是从前，面貌稍枯瘦而苍白。与他谈话中时露不大和霭的板涩，或竟是板硬。本来他走的道路是险硬的商业场中。这位程雪门兄还是十五年前上海商校的旧同学。是那时一别以来的老同学。记得十五六年前同在二年级的时候，我曾用墨西哥银二元买他一只两面银壳用钥匙开旋的老式时表。记得我买后用了几时觉得不大合式，于是我自己板转了脸子强要他赎回了去的，我此刻一买和他谈话，心里真感到羞愧。我那里能够怪他此刻的板脸呢！相约明天不下雨，拟在上午进城在逍遥游会他，再一次谈旧。因为说不久他又须往南洋去。

将要晚饭时又是一阵倾盆的大雨，其势雄豪极了。晚饭后停了点。我冒了残滴撑了伞从方丈走出，穿过长廊绕过本殿走出山门去看绕流山门而过的那条涧水。山门口的那条山溪已丰满的了，浊水滔滔的在那里无声流去，踱过平板石桥从右手转入山坂密林的石道上去。道旁高树交叉，都像浸润在绿水里样的滋翠。我慢步上走，想到那悬崖的大石桥畔一视那个洪流。正在走着想着的时候从远处已听到那个潺潺之声。再前进去，声势雄大了。在转折的坂道上望见对面绿翠的山崖上悬着那条巨大的瀑布。不久我就非常高兴地得见了那条巨岩石桥下的洪流！

　　我手撑着伞，一个人独立在那条悬桥上面，心里被那个洪流惊慑住了。心里起了惶恐。啊呀，我的灵魂何以那么细弱！

　　我到底走过了石桥，站在远一点地方，使我的心头轻松一下那个水声的威压。雨后的峰峦黛翠媚人。想定了心神再又回到石桥上去，挣劲的站立了一回。桥下前后两边奔腾飞湍狂泻而去的水势这次似乎被我看了一下。

五

　　好几天糊里糊涂的过了去。今天中饭后天气极好，在院内散了一回步，想进后院的住房去看点书，继续做点翻译工作。对于自己的身体还没有十分的自信，可是能够在散步与工作里忘记得进去，这已是很长久的时日与那么久的忍耐之后的了。坐对着靠窗的桌子，又想把自己整个的饱和在那部心好的作品内然后一行一行的迻译到自己拙呐的文字中，这在我已能镇压了不少的有时含笼到心胸上的悲哀了。不知好几次在对着这件译事的幽静心气中，忽然之间我把译笔抛在一边，激切地失声哭了出来。如此哭过以后的平静又是难于言传的了。又想到我心的脆弱一半也由于我身体的脆弱。身体的脆弱或者渐渐地可以复元；那一半的心的脆弱我将如何去修补！

体验到古昔人们虽在昇平之世把有为的心力灌注于抄写经文的那种心境的，是这种瞬间。

把艺术来倾吐自己的悲哀，那在艺术至上主义者看来当然是值得非难的。因为艺术除掉为艺术本身以外不能夹杂任何的动机。但是不把艺术像宗教样的怀抱情切随处流泌出生命的感激来的，这也就是艺术观念堕落的开始。以艺术为人类享乐的工具之一的，与以艺术为倾吐自己生活悲哀的人同是艺术宫殿里的罪魁。

在这些地方我敬佩岛崎藤村的那种人生的真挚，同时不离乎艺术的技巧的那种艺术家的态度与那个表现法。

艺术上的制作当然须要技巧或是参照历来的成规。但是艺术家不应徒去模效人家的技巧，而应该采纳自己内在的独自的技巧。这个内在独自的技巧，要用自己的心血点开得来的。

新艺术创生时期的人们除掉自然之外可说没有下手处。而自然是雄大的，豪博的，流动的，幻变的，多致的。要怎样诱引它到自己主观的范畴内已经是煞费气力的事。同时又须怎样把它溶成客观的存在以示现到与主观同一的形体，这也只有一个法子：先把自己固有的那个范畴打得粉碎，然后只依着自然的形象去猛烈地追捉。最初也许是一无所得；或者即有所得也许是庞杂的，历乱的。但是在这种没我的投降自然而仍不失追捉之心，到有一旦可以满载而归的时候，那必定有自然同样的那种丰富。有那种雄大，那种豪博，那种流动，那种幻变与那种多致。在近代的各种艺术运动史上放眼看去，都是那么经过来了的。文艺上经了浪漫主义的震荡，自然主义的深沉，然后方才达到百花缭乱的各种流派的全盛时代。

藤村早年的散文著作差不多是直叙的自然描写。这就是先把自己抛放到自然里去。世人公认把自然主义的艺术确定到日本新文学里去的三大家之一的时期的他的作品有《破戒》，《春》，《家》等的大作，以及其余的短篇。我们由此可以知道他的成功在乎效法自然，打破自己固有的小规矩。我们接近到了日本现代所谓中坚作家的芳醇，那自然要不满足于上述那几部的过于朴直少文。但是看到自然主义的作家中有不知多少一时并驾乎大家之列，结果走到了艺术的绝境里再无开展余地，于是脱出文坛的主流屈节于通俗作家而湮没的难以数计。而藤村能从黑暗的自然主义里辟开新生路仍有深秋果熟样的圆熟时期的艺术品飨惠我人的，一面是他诗人深湛的情热，一面是他从自然的真挚中会得到的艺术的技巧。

这也就是他内在的独自的技巧。我一头迻译他圆熟期艺术品之一的《新生》时候，我感到的是如此。

我在羡慕他的技巧以先，深深地叹服他的真挚。

载《语丝》八一至一〇六期

（选自《中国新文学大系散文一集》，良友图书公司1935年版）

普陀山的幽默

扫一扫，
♫ 收听有声版

祖 慰

　　游览名胜古迹，都是为了觅得美感；而我游完舟山群岛的普陀山后，却意外地获得许多幽默感——

观音怎么成了第一把手？

　　当我还是小学生的时候，就从吴承恩的《西游记》里得知"南无大慈大悲救苦救难观世音菩萨"住在南海（实际是东海）的普陀山上。孙悟空保唐僧取经，在路上遇妖不能解救时，就一个筋斗翻到普陀，向观音汇报、请示和求援。没想到，现在我也到普陀岛来了。

　　有长者风度的向导，博学而富有幽默感。他对观音娘娘的发迹史了解得颇为清楚。

他说：普天之下，佛教的最高领袖当是南无本师释迦牟尼佛，二把手是坐在本师右边的南无消灾延寿药师佛，三把手是坐在本师左边的南无极乐世界阿弥陀佛。在一般庙宇里，这一、二、三把手都供奉在大雄宝殿的正堂，面朝大门。他们的背后才供站在莲花或鳌鱼头上的观世音菩萨，面朝后门。论资排辈，观音该是第四把手。唯有在普陀山，她却成了第一把手，供奉在最大的圆通宝殿里，神像也最大。而释迦牟尼等的神像却变小了，而且退居到三进殿里，显然降了级了。是谁胆大包天敢于调整佛国的最高领导班子？是人间的皇帝宋宁宗。公元一二一四年，他御赐"圆通宝殿"匾额，钦定普陀山为供奉观音的道场。于是，在这"震旦第一佛国"里，观世音当上了女皇。后来，历朝皇帝都默许这里的特殊"人事安排"，没给释迦牟尼等落实政策，复职复位。观世音呢，一向对皇帝也是很谦恭的。比如，她的名字和唐太宗李世民有一"世"字相同，就马上避讳改名为"观音"，或"观自在"。由此可见，皇权大于神权，信徒们最听观音的话，观音最听皇帝的话。

这位向导见我们开怀大笑，兴味正浓，又接着说："观音菩萨怎么会以普陀为家的呢？有正史记载：唐懿宗咸通四年（公元八六三年），日本和尚慧锷第三次来中国取经学佛，在五台山迎奉了一尊观世音像，坐船回国时，在普陀岛附近海面出事被阻。慧锷认为这是观世音佛不肯去日本，于是就在神奇的潮音洞（洞深二十多丈，海潮撞击洞内，声若惊雷）附近登岸，留下佛像，供奉在当地姓张的居民家。从此，观音就在这儿扎根落户，已历一千多年。"

这番妙趣横生的话激活了我的想象力。观世音的祖籍是印度，也没有听说她正式加入中国国籍。在印度，观音本是个男性，不知怎么搞的，来到中国却变成女的了。我想，她不愿回印度，不肯去日本，可能是留恋中国给她的极高待遇，她在普陀当上了佛国一把手，而且至今还有那么多崇拜者，每逢农历二月十九日，六月十九日，九月十九日（传说是观音诞生、成道、出家纪念日），都有上万人不远千里拥来普陀，虔诚地礼拜、上香，她怎么会舍得离开呢？却也怪，"送子观音"，顾名思义是职司送子的妇产科专家，在人类面临"人口爆炸"危机的今天，她怎么还那么吃香？今天人类已登上月球，科学高度发达，她怎么还有那么多善男信女？稀奇！有趣！耐人寻味！

关公住进了观音大殿

我来到普济禅寺。据史载，清朝雍正皇帝曾"钦赐"七万金造这座名震东南的巨刹。它前傍碧玉莲花池，后依滴翠峰，灵鹫堂有楼轩一万多平方米。规模宏大，景色秀丽，甲于全山。

我发现普济禅寺有两大逗人一乐的佛教奇观。其一是在供奉观音菩萨的大殿里，近门处竟有一尊关公的神像！关羽有关帝庙，怎么跑到洋菩萨观音娘娘的大殿里来"三同"了呢？我把这个问题向同游者提了出来，引起一场想象力丰富的争论。

一位博于古的长者说："佛教要在中国站住脚，必须儒化。关公是得中国人心的儒神，为了佛教得人心，所以就把他敬请到佛堂来了。"

"不，不是这个原因"，一位通于今的文坛新彦表示异议。他对弗洛伊德颇有研究，提出了一个令人瞠目的解释："按理，关公进观音殿是有悖男女授受不亲之礼的。因此，只能用弗洛伊德的精神分析去解释：异性相吸。有人也许会反驳，说关公的作风很正派，嫂子在里屋睡觉，他通宵达旦坐在门口读《春秋》，没有一丝邪念。其实这是违反人的自然属性的谎话，他肯定有'里比多压抑'，不然为什么脸憋那么红？再说观音，她专管送子生殖，职业决定她也有'里比多压抑'。所以，请关羽进观音堂是顺乎天理、合乎佛性和人情的。"

"罪过！罪过！"我们被他怪诞的泛性论的理论逗乐了，"小心菩萨割你的舌头！"

我条件反射地赶紧看看有八点八米高的毗卢观音像，看她动怒没有；还好，她脸不变色心不跳，能听进一切不同意见。大慈大悲！

观音敢于亮出复杂性

走向大殿两侧，使人叹为观止的，便是另一大奇观。那儿不是通常的十八罗汉，而是观音菩萨的三十二化身。观音为佛处世并非只有一副大慈大悲相，而是有着三十二副不同的面孔。上至"龙王身"、"帝释身"，下至"恶鬼夜叉身"，一会儿是面目清秀的男和尚"比丘身"；一会儿是三头六臂的女性"阿修罗身"；还有其丑无比的、倒挂八字眉、瘦骨嶙峋的"非人身",以及手托荷花、袒胸露臂颇像西洋影星一样艳丽浪漫的"天身"……美丑善恶,应有尽有,让人眼花缭乱。

我顿时对观音产生很大的好感,觉得她襟怀坦白,敢于把自己的复杂性亮出来。在这一点上她没有儒化。孔子要为长者讳、尊者讳、贤者讳、上者讳,一旦当上长者、尊者、贤者、上者,就只有一副居高临下的、脸带三分笑……的神圣面孔。释迦牟尼佛、药师佛、阿弥陀佛、文殊菩萨、地藏王……全是这样的面孔!唯有观音敢于亮出本色,一分为三十二。

最有趣的是观音第三十化身——"人身":男秀才,拿本书,越看表情越愁苦。是因为研究学问太难?还是因为知识分子政策没落实到他头上?观音又为何把读书人作为"人身"代表?应是有她的道理的。我未能引经据典,不敢妄加推断,只好姑且存疑毋论。

信则有,不信则无

背山临海,有个优美的去处——悦岭文物馆。那里不仅可见"黄如金屑软如苔"的千步沙滩,可听"万马突围天鼓碎"的海涛之声,还可赏一千余件传世奇珍。我最感兴趣的是孙中山一九一六年八月二十四日游普陀山写下的一篇游记,名曰《游普陀志奇》。可惜原件已在"文革"中丢失,展出的只是影印件。

这篇奇特的游记上写着,孙中山登最高的佛顶山来到慧济禅寺时,觉得"寺前恍若矗立一件伟丽之牌楼,仙葩组锦,宝幢舞凤,而奇僧数十，窥厥状似乎来迎客者"。他正在诧异，又见牌楼"中有一大圆轮，盘旋极速……方感想间，忽杳然无迹"。进佛顶山慧济寺后，他急问同游的胡汉民、朱执信等人，别人都说毫无所见。孙中山深以为奇，让旁人执笔、自己过目而写下了《游普陀志奇》，并盖上"月白风清"的阴文篆刻章。

民主革命的先驱、受过完备科学教育的无神论者孙文，竟然会亲眼看到观世音显灵！

如果让一位心理学家来分析，却不足为奇。人和观音一样，本应该有几十个化身。人生几十年，受各种教育和各式社会影响，全在大脑里储存起来，一旦具备某些条件，就会把某种相应的潜在意识诱发出来，就像电脑按指令提取储存信息一样。孙中山小时候肯定听老一辈讲过观音，在神话书上读到过关于观音的描写。虽然后来的无神论思想把那些信念压到潜意识中去了，但是他到了普陀这个环境，处处都显示观音的存在——在潮音洞附近的岩石上还"留下"一个观音娘娘的大脚印呢！——这就不难诱发孙中山产生观音显灵的幻觉。

然而，常人有个普遍的心理：当自己的感觉与伟人的感觉相矛盾时，勿需事实检验，便毫不含糊地否定自己，而以伟人的感觉为准。和尚懂得这个"一句顶一万句"的心理，就十分珍视孙中山的幻觉，以之作为观音显灵的铁证。若问："为何胡汉民没见？"和尚会用万灵的佛家语回答你："信则有，不信则无；诚则灵，不诚则不灵。"由此可悟出一个道理：伟人若产生错觉，就会变成伟大的错觉；就会使常人的一切感觉失灵！

一位挂有医科大学校徽的青年教师对我的观点大不以为然，他说：

"相信伟人也是人，也有产生错觉的可能，晚上睡觉也可能会说梦话，感冒时也会打喷嚏，而且一定含菌，绝不会是瑞霭香雾，那么，我们只该相信伟人经得起检验的伟论。哦，还有一件，要相信自己的感觉、知觉和思辨力！"

这样，对孙中山的《游普陀志奇》就可以用得上万灵的佛家语了："信则有，不信则无！"

释迦牟尼的成长史

在大乘庵，有个长达九米的大卧佛——释迦牟尼的涅槃之相。涅槃是梵文音译，意思是"圆寂"，就是死。佛家不叫死，而是说释迦牟尼修成正果、教化众生之后，作"寂灭"相。

卧佛，司空见惯，引不起我的兴味。但这儿却有些希罕之物。大殿两侧墙壁上挂有十六幅画，画下配着引经据典的文字解释，描述释迦牟尼降生、修行、传道、涅槃的成长史。这是我渴望得知的，于是，细细看了起来。

观看的人不少。有人还一边看一边评议：

"这下子我总算找到现在盛行的《关系学》的最早版本了！"说话的是一位中年人。

"在哪儿？"问话的是位戴眼镜的年轻人。

"你看《牧女献糜》这幅画。"

看了一会儿，眼镜青年突然笑了起来："哈哈，对，释迦牟尼佛是搞不正之风的老祖宗！老佛爷都搞，难怪此风难得纠正！"

我好奇地也去看那第六幅《牧女献糜》。方知说的是：释迦牟尼坐在露天下苦修六年，每天只吃一麻一麦，饿得形似枯木。这时，有两位牧女向他献了牛奶。他收了礼物，马上利用刚修得的佛权，保佑两女安乐无病，终保年寿，智慧俱足。我依稀想起一则佛门的古代笑话。一香客进出门来，从衣冠看是布衣平常人，因而和尚冷冷地寒暄说"坐。"对内厢一般地打招呼："茶。"当这香客捐助了一笔银钱后，和尚的调门高了八度，对客："请坐！"对内："敬茶！"当这香客进而言明自己是朝廷命官时，和尚立即弯腰躬背，笑言细语："请上坐。"对内大声招呼："敬香茶！"有人为此写了副楹联。上联："坐，请坐，请上坐。"下联是："茶，敬茶，敬香茶。"由此可见，从释迦牟尼到弟子僧侣，都是向钱看、向权看的。

"我也有个重大发现"，眼镜青年的话打断了我的冥想，"我发现了一个由人修成佛的公式，从而发现了菩萨一定要用木雕泥塑的科学根据。"

"什么公式？"我主动参与讨论了。

"人变木头＝佛。"戴眼镜的青年得意地说。

"请证明。"

"你看这幅《成等正觉》画，说释迦牟尼修行成佛共分四个阶段"，那青年指着画下的文字念了起来，"'成一禅行，静坐守一，专心不移'。——这就把人的动性给修掉了，不会动了。'成二禅行，已净见真。'——干瘪没水分了。'成三禅行，心不依善，亦不附恶，无苦乐志，正在其中，寂然无变。'——已经修到五官不灵、七窍不通了。'成四禅行，是谓无为，度世之道，以弃恶本，无淫怒痴，生死已除，种根已断，智慧已了，廓然大悟，得无上正真之道，为最正觉。'——听听，已修成无生无死、无知无觉的木头、泥巴了！什么叫成正觉？就是无知觉。人变成木头就修成佛了，因此，世上的佛像都用木雕泥塑！"

我们听了这番史无前例的成佛公式，无不捧腹大笑。

这时却有一个水兵又补充了一句："当兵的绝对修不成佛。如果我们修成了个木头，不仅保不住国、保不了家，连他释迦牟尼这块木头也保不住。听说康熙年间，荷兰海盗上了普陀岛，就把这儿洗劫一空！"

我凝望着他们，思绪飘飞。我在普陀山获得的全部幽默感，此时，像人体内的脂肪转变为机体运动所需的热能一样，转变为对新一代渎神者的热烈憧憬……

（选自《羊城晚报》1983年1月10日）

仙游寺

贾平凹

　　周至县南有一山，名终南，曲折迂回，别于天下所有名山，山中有黑河，更曲，曲到山为一窝水为一圈的极至处，有一塔一寺的，这便是仙游寺。仙游寺建于晋朝，是隋文帝的避暑行宫，唐代白居易在此客居，写就了千古绝唱《长恨歌》，故历来为游览胜地。近多年里，黑河暴溢，山路崩塌，寺院颓废，但仍时有游人沿山根荒草里前去，却不是烧香拜神，也不为消暑玩乐，是怜念古昔爱情悲剧，为纪念白居易而来。今春三月，我到了县城，两对大龄未婚人陪我去游，说："到那里，你可见到好多有缘无命的人呢。"步行入山，果然水在路下，路在草里，草顺山转，如入迷宫，作想白居易之所以能在此作《长恨歌》，且不说他那时感世伤时，单这山曲水曲不尽，便也悟觉了人生的复杂，爱情的波折了。遗憾的是那天沿途并没见到别的游人，我只是头头尾尾地听清了这两对大龄未婚人各自的是是非非，哀哀怨怨。

行到五里，坐看寺容，水是从后山来的，并无山石阻拦，就白白地划一圆圈，那圈即将接榫处，水却向下流去。塔就在圆圈中，共八层，上小下小，中间饱满。上小者，为风之摧折，生就了无数蒿草，有斑鸠在那里啄朋鸣叫；下小者，则水的腐蚀，差不多的砖已朽去，蚂蚁在缝隙里拥挤。塔后有一寺，木的结构完整，檐下壁画却脱落，门上锁，又贴上了封条，窗扇被牛毛毡从里钉死，窥内不能，但见前檐下正吊一蜘蛛，大若拇指蛋，触之便沿丝而上，静卧檐角装板上僵若石块。寺门上墨笔题有"大雄宝殿"，知道该寺并不仅此，环顾四周，分散有四户人家，两家是高脊拱瓦，檐头挂有瓦铛，该是寺的厢房。四户人家正吃午饭，一律黑瓷大碗，睁白多黑少的眼睛看人，表情木木，只有门前木桩上拴的两头牛，一头犍，一头孺，头尾相接，发一种"哞"声。殿前共有五柏四柏新植，粗已盈握，一株古老焦黑，一身疙瘩，若没有顶上三片四片柏朵，疑心是石头砌的。近视，腹内全完，如火烧过，从树皮的黑疙瘩里透出一个连一个的黑窟窿。

寺彻底是废了，怪不得无香无火，福禄寿的神耐不得这种寂寞，信男信女们的黄表草香也不会无目的地来烧点的，只有《长恨歌》诗灵尚在，爱神是不在乎物质条件和享受的。两对大龄未婚人已经抚柏仰天，长长地叹息了。

五个人里，我是不幸中的幸人，观寺就索然无味，于是离开塔往河边去。踏过一片麦田，麦苗起身，绿得软而嫩。再下去就是荒滩，却是在石堤之内，乱乱的躺伏了一片石头。石头浑圆如打磨过，雪白，眯眼远看，像芦草地里突然飞走了一群鹅鸭，留下一层偌大的新蛋。走上去在石头上跨踏跳跃，就有一种草，叫黄蒿的，去年就长上来，临冬干枯，枝茎硬而未折，疏疏地从石缝间生出二尺余高。呆呆拣一块石坐下，便感觉到这黄蒿疏得温柔，疏得妩媚，使蒿下的白石显一种朦胧，如在纱里，烟里，风起蒿动出石亦似动如梦幻。再走过石滩，下堤到水边，河中巨石堆积，脚下碎石漫漫，便见有一种石，如朽木一般，如腐骨一般，敲之则坚硬，嘣嘣价响，甚是稀奇好看。玩石坐下静观流水，名曰黑河，水却澄清，历历可见水底石头。有指长的群鱼游来，遂掏饼捏蛋儿掷去，鱼便急而趋之，饼随波漂，鱼随饼游，倏乎全然不见。忽一阵风起，水色大变，似若五云之浆，举头看时，才见对面岸上有无数的桃榆，临风落英。一时兴起，直唤塔下的两对大龄未婚人，他们皆不动，我便急不可待地脱鞋挽裤欲过河去攀折，无奈那水凉得森骨，又兼水中石看着清净，踩之滑腻非常，几个趔趄，险些跌倒，只好出水上岸，快快抓一些枯草燃火吸烟。此时风又静，夕阳从河边上升，停留在对面崖头的独树桃花上，面前的枯草火燃灭了，烟缕端直。

塔下的大龄未婚人赶来了，五个盘地而坐，我遥指后山垴上一片松柏中的屋舍，问是何处？他们说：是一小庙，庙里有一尼姑。问多大年纪？答曰：三十六。再问：如此年轻，为何出家？四人沉吟多时，方说：曾是下乡知青，婚事迟迟未能解决，后来连找几个，皆受波折，心灰就出家了。

我顿时可怜那位夜对青灯的女子，社会如何耽误了青春，人世又如何沉沉浮浮，也不至于万念俱灭、消极遁世呀？！欲前往造访，但白云堆没了山坳，才行至塔后，那下山的小路上野花也迷了去径，幽鸟在风前鸣叫，只好作罢。两对大龄未婚人又去塔下了，且用石子在塔上划动什么。我赶去问：做什么呀？他们说：留言。看时，他们各对在上面写了"××与×××于某年某月某日又游。"在这留言之上，又有四行留言，全是他们的名姓，日期则一是五年前，一是三年前，一是去年，一是今年正月。细看塔身，上边竟密密麻麻全有字，什么内容的都有，落款皆是一男一女。我不再责斥他们在文物上这么题字了，心沉得往下坠，也捡起一块石子在塔上题道：多少情人拜塔前，可惜再无白乐天。掷石说声：回吧。五人返回，又是到了山曲水曲处，扭头看那寺塔，没听见什么孤钟敲响，而水曲成潭，流溅空音如风里洞箫。大龄未婚人说：你今日没有游好，游人是太少了。我说：但愿人更少。四人无语，突然说：我们也是最后一次来游这里了。我说：那好呀，我祝贺你们！到时候我送你们什么礼呢？他们说：什么也不要你送，你是作家，你就写这里一篇文章吧，让天下都知道这里还有这样的事情。我满口答应，我虽文才不逮，我却真诚关心那些大龄的未婚男女，也企望所有人，整个社会来真诚关心，便于当夜草出此文。

八五·三·二十三于静虚村

（选自《平凹游记选》，陕西人民美术出版社1986年版）

幽冥钟

汪曾祺

"姑苏城外寒山寺，夜半钟声到客船。"很早很早以前（大概从宋朝开始）就有人提出过怀疑，认为夜半不是撞钟的时候。我从小就觉得很奇怪：为什么夜半不是撞钟的时候呢？我的家乡就是夜半撞钟的。而且只有夜半撞。半夜，子时，十二点。别的时候，白天，还听不到撞钟。"暮鼓晨钟"。我们那里没有晨钟，只有夜半钟。这种钟，叫做"幽冥钟"。撞钟的是承天寺。

关于承天寺，有一个传说。传说张士承是在这里登基的。张士承是泰州人。泰州是我们的邻县。史称他是盐贩出身。盐贩，即贩私盐的。中国的盐，秦汉以来，就是官卖。卖盐的店，称为"官盐店"。官盐税重，价昂。于是有人贩卖私盐。卖私盐是犯法的事。这种人都是亡命之徒，要钱不要命。遇到缉私的官兵，便要动武。这种人在官方的文书里被称为"盐匪"。瓦岗寨的程咬金就贩过私盐。在苏北里下河一带，一提起"私盐贩子"或"贩私盐的"，大家便知道这是什么角色。张士承就是这样一个角色。元至正十三年，他从泰州起事，打到我的家乡高邮。次年，称"诚王"，国号"周"。我的家乡还出过一位皇帝（他不是我们县的人，他称王确是在我们县），这实在应该算是我们县历史上的第一号大人物。我们县的有名人物最古的是秦王子婴。现在还有一条河，叫子婴河。以后隔了很多年，出了一个秦少游。再以后，出了王念孙、王引之父子。但是真正叱咤风云的英雄，应该是张士承。可是我前几年回乡，翻看县志，关于张士承，竟无一字记载，真是怪事！

但是民间有一些关于张士承的传说。

张士承在承天寺登基，找人来写承天寺的匾。来了很多读书人。他们提起笔来，刚刚写了两笔，就叫张士承拉出去杀了。接连杀了好几个。旁边的人问他："为什么杀他们？"张士承说："你看看他们写的是什么？'了'，是个了字！老子才当皇帝就'了'了，日他妈妈的！"后来来了个读书人。他先写了一个："王"字，再写了左边的"乛"，右边的"く"，再写上边的"一"，然后一竖到底。张士承一看大喜，连说："这就对了！——先称王，左有文臣，右有武将，戴上平天冠，皇基永固，一贯到底！——赏！"

我小时读的小学就在承天寺的旁边，每天都要经过承天寺，曾经细看过承天寺山门的石刻的匾额，发现上面的"承"字仍是一般笔顺，合乎八法的"承"字，没有先称王，左文右武，戴了皇冠、一贯到底的痕迹。

我也怀疑张士承是不是在承天寺登的基，因为承天寺一点也看不出曾经是一座皇宫的格局。

承天寺在城北西边，挨近运河。城北的大寺共有三座。一座善因寺，庙产甚多，最为鲜明华丽，就是小说《受戒》里写的明海受戒的那座寺。一座是天王寺，就是陈小手被打死的寺。天王寺佛事较盛。寺西门外有一片空地，时常有人家来"烧房子"。烧房子似是我乡特有的风俗。"房子"是纸扎店扎的，和真房子一样，只是小一些。也有几层几进，有堂屋卧室，房间里还有座钟、水烟袋，日常所需，一应俱全。照例还有一个后花园，里面"种"着花（纸花）。房子立在空地上，小孩子可以走进去参观。房子下面铺了一层稻草。天王寺的和尚敲着鼓磬铙钹在房子旁边念一通经（不知道是什么经），这一家的一个男丁举火把房子烧了，于是这座房子便归该宅的先人冥中收用了。天王寺气象远不如善因寺，但房屋还整齐，——因此常常驻兵。独有承天寺，却相当残破了。寺是古寺。张士承在这里登基，虽不可靠，但说不定元朝就已经有这座寺。

一进山门，哼哈二将和四大天王的颜色都暗淡了。大雄宝殿的房顶上长了好些枯草和瓦松。大殿里很昏暗，神龛佛案都无光泽，触鼻是陈年的香灰和尘土的气息。一点声音都没有，整座寺好像是空的。偶尔有一两个和尚走动，衣履敝旧，神色凄凉。——不像善因寺的和尚，一个一个，都是红光满面的。

大殿西侧，有一座罗汉堂。罗汉也多年没有装金了。长眉罗汉的眉毛只剩了一只，那一只不知哪一年脱落了，他就只好捻着一只单独的眉毛坐在那里。罗汉堂外面，有两棵很大的白果树，有几百年了。夏天，一地浓荫。冬天，满阶黄叶。

罗汉堂东南角有一口钟，相当高大。钟用铁链吊在很粗壮的木架上。旁边是从房梁挂下来的撞钟的木杵。钟前是一尊地藏菩萨的一尺多高的金身佛像。地藏菩萨戴着毗卢帽，跏趺而坐，低眉闭目，神色慈祥。地藏菩萨前面点着一盏小油灯，灯光幽微。

在佛教的菩萨里，老百姓最有好感的是两位。一位是观世音菩萨，因为他（她）救苦救难。另一位便是地藏菩萨。他是释迦灭后至弥勒出现之间的救度天上以至地狱一切众生的菩萨。他像大地一样，含藏无量善根种子。他是地之神，是一位好心的菩萨。

为什么在钟前供着一尊地藏菩萨呢？因为这钟在半夜里撞，叫"幽冥钟"，是专门为难产血崩而死的妇人而撞的。不知道为什么，人们以为血崩而死的女鬼是居处在最黑最黑的地狱里的，——大概以为这样的死是不洁的，罪过最深。钟声，会给她们光明。而地藏菩萨是地之神，好心的菩萨，他对死于血崩的女鬼也会格外慈悲的，所以钟前供地藏菩萨，极其自然。

撞钟的是一个老和尚，相貌清癯，高长瘦削。他已经几十年不出山门了。他就住在罗汉堂里。大钟东侧靠墙，有一张矮矮的禅榻，上面有一床薄薄的蓝布棉被，这就是他的住处。白天，他随堂粥饭，洒扫庭除。半夜，起来，剔亮地藏菩萨前的油灯，就开始撞钟。

钟声是柔和的、悠远的。

"咚——嗡……嗡……嗡……"

钟声的振幅是圆的。"咚——嗡……嗡……嗡……"，一圈一圈地扩散开。就像投石于水，水的圆纹一圈一圈地扩散。

"咚——嗡……嗡……嗡……"

钟声撞出一个圆环，一个淡金色的光圈。地狱里受难的女鬼看见光了。她们的脸上现出了欢喜。"嗡……嗡……嗡……"金色的光环暗了，暗了，暗了……又一声，"咚——嗡……嗡……嗡……"又一个金色的光环。光环扩散着，一圈，又一圈……

夜半，子时，幽冥钟的钟声飞出承天寺。

"咚——嗡……嗡……嗡……"

幽冥钟的钟声扩散到了千家万户。

正在酣睡的孩子醒来了，他听到了钟声。孩子向母亲的身边依偎得更紧了。

承天寺的钟，幽冥钟。

女性的钟，母亲的钟……

一九八五年十二月四日中午，飘雪

（选自《汪曾祺自选集》，漓江出版社1987年10月版）

《八指头陀诗集》叙

杨 度

扫一扫，♫收听有声版

　　予世居湘潭之姜畬。寄禅师为姜畬黄姓农家子。幼孤贫，为人牧牛。十余岁时，投山寺出家为僧，然两指供佛，故名八指头陀。

　　师长予将二十岁。予幼时即闻乡有奇僧，具夙慧，能为诗。初不识字，以画代书。不知"壶"字，辄画壶形。其时姜畬铁匠张正旸，及予妹叔姬，皆不学诗而自能诗。邻居三里以内，有此三异，乡人传以为奇。而王湘绮先生隐居云湖，相距才十余里，予辈咸师事之。其地又有老农沈氏，能学陶诗，群呼为沈山人。又有陈梅羹处士，亦居姜畬，博学能诗，不事科举，刻有《陈姜畬集》。一乡之中，诗学大盛。高谈格调，卑视宋、明。汉、魏、三唐，自成风气。

惟师自出家后，远游于外。其先茔在姜畬，偶归拜墓，因来相访，予始识之。闻其自言初学为诗甚苦，其后登岳阳楼，忽若有悟，遂得句云"洞庭波送一僧来"。后游天童山，作《白梅诗》，亦云灵机偶动，率尔而成。然师诗格律严谨，乃由苦吟所得。虽云慧业，亦以工力胜者也。师曾宿予山斋，予出屏纸，强其录诗。十字九误，点画不备，窘极大汗。书未及半，言愿作诗，以求赦免，予因大笑许之。自后，师不再归，予亦出游湖海，流离十有余载，中间未曾一见。惟予居日本时，师自浙江天童山寄诗一首而已。民国元年，忽遇之于京师，游谈半日，夜归宿于法源寺。次晨，寺中方丈道阶法师奔告予曰："师于昨夕涅槃矣。"予询病状，乃云无病。道阶者，亦湖南人。妙解经论，善修佛事，师之弟子也。予偕诣寺视之，遣归葬于天童，并收其平生诗文遗稿以归，待乞湘绮先生为删芜杂，以之付刊。先生暮年耽逸，久未得请。予亦因政变，身为逋客，未暇及此。湘绮先生旋复辞世。更越二载，予得免名捕，复还京邑。始出斯稿，以付手民。然未敢删定，仅整齐次第之而已。

师诗曾由义宁陈伯严、湘乡王佩初、同县叶焕彬先后为刊十卷。其未刊者八卷，师自定为续集。今为辑合而全刻之，附以杂文，都为十九卷。道阶及予妹婿王君文育、同学喻君昧皆、友人方君叔章，为之校字。文育，湘绮先生第四子也。凡校刻经八阅月而始成，距师逝世逾七年矣。世变孔多，劫灰遍地，而此稿犹存。端忠愍辛亥南行，从予借取叔姬诗稿以去，云将抄稿见还，后乃携以入蜀。革命事起，端既被害，稿亦遗亡。

副本虽存，然不备矣。予丙辰岁遁亡，出京之日，随身手箧所储，只此故人遗稿。故未散灭，以至于今。执彼例兹，宁非独幸！世间生灭无常，一切等于此物。师何必有此作，予何必无此刊？事与教法无关，而于因缘足述，故详叙之于此。民国八年十二月湘潭杨度序。

（录自《八指头陀诗集》，北京文楷斋，1919年）

《曼殊遗画》弁言

章太炎

　　亡友苏元瑛子穀，盖老氏所谓婴儿者也。父广州产，商于日本，娶日本女而得子穀。广中重宗法，族人以子穀异类，群摈斥之。父分赀与其母，令子穀出就外傅，习英吉利语。数岁，父死，母归日本。子穀贫困为沙门，号曰曼殊。不能作佛事，复还俗，稍与士大夫游，犹时时著沙门衣。子穀善艺事，尤工绘画，而不解人事，至不辨稻麦期候。啖饭辄四五盂，亦不知为稻也。数以贫困，从人乞贷，得银数版即治食，食已银亦尽。尝在日本，一日饮冰五六斤，比晚不能动，人以为死，视之犹有气。明日复饮冰如故。子穀少时，父为聘女，及壮贫甚，衣裳物色在僧俗间，所聘女亦与绝。欲更娶，人无与者。乃入倡家哭之，倡家骇走，始去。美利加有肥女，重四百斤，胫大如汲水瓮。子毅视之，问："求偶耶？安得肥重与君等者？"女曰："吾故欲瘦人。"子毅曰："吾体瘦，为君偶何如？"其行事多如此。然性恺直，见人诈伪败行者，常嗔目詈之，人以其狂戆，亦不恨。子毅既死，遗画十数幅，友人李根源印泉，蔡守哲夫为印传之。己未十二月，章炳麟书。

（选自《苏曼殊全集》第四册，北新书局1928年版）

《燕子龛遗诗》序

柳亚子

曼殊奄化之岁，青浦王德钟辑其遗诗，得如干首，将梓以行世，属余为之序。呜呼，余何忍序曼殊之诗哉！余初识曼殊，以仪征刘师培为介，顾君栖穷岛，余蛰荒江，未获数数相见也。武昌树帜，余在沪渎，值先烈陈英士先生异军突起；君自南土来书，谓："迩者振大汉之天声，想诸公都在剑影光中，抵掌而谭。不慧远适异国，惟有神驰左右耳。"又曰："壮士横刀看草檄，美人挟瑟请题诗。遥知亚子此时乐也。"盖兴会飙举，不可一世矣。和议既成，莽操尸位，党人无所发摅，则麕集海上，日夕歌呼饮北里；君亦翩然来，游戏宛洛，经过李赵，吾二人未尝不相与偕也。既余倦游归里，君去皖江，嗣是五六年间，沧桑陵谷，世态万变，余与君相聚之日遂少；即聚，亦无复前日乐矣。最后仍晤君沪渎，时为英士归葬碧浪湖之前数日，握手道故，形容憔悴甚。君言："邑庙新辟商场极绚烂，顾求旧时担饧粥者弗可得，盖大商垄断之术工，而细氓生计尽矣。"君生平绝口弗谈政治，独其悲天悯人之怀，流露于不自觉，有如此者。君工愁善病，顾健饮啖，日食摩尔登糖三袋，谓是茶花女酷嗜之物。余尝以苎头饼二十枚饷之，一夕都尽，明日腹痛弗能起。又嗜吕宋雪茄烟，偶囊中金尽，无所得资，则碎所饰义齿金质者，持以易烟。其他行事都类此，人目为痴，然谈言微中，君实不痴也。尝共余月旦同时流辈，余意多可少否。君谓："亚子太丘道广，将谓举世尽贤者。"余曰："然则和尚将谓举世尽不肖耶？"相与抚掌而罢。和尚者，君少时尝披剃广州慧龙寺，故朋侪以此呼之。君精通内典，然未尝见其登坛说法。吴县朱梁任尝劝余从君学佛，君笑曰："是当有缘法，非可强而致也。"呜呼，洵可谓善知识矣！君好为小诗，多绮语，有如昔人所谓"却扇一顾，倾城无色"者。又善画，萧疏淡远，似不食人间烟火物。往还书问，好以粉红笺作蝇头细楷，造语亦绝俊，恒多悲感及过情之谈；盖苏长公一肚皮不合时宜，借此发泄耳。君既殁，吴县叶楚伧，上海刘季平咸拟辑其遗稿，而滇中某贵人欲斥千金尽刊君诗画之属，未知其能有成否也。王子所辑虽不多，见虎一文，亦足慰君于地下矣。余既为文以传君，而觳觫之词有未尽者，爰弗辞而复为之序。时中华民国七年双十节前二日，吴江柳弃疾撰。

（选自《苏曼殊全集》第四册，北新书局1928年版）

沾泥残絮

冯 至

——读《燕子龛遗诗》作，并呈翔鹤兄——

月下开遍了

幽美的悲哀花朵。

我想化作一泓秋水，

月影投入水心——

花朵都移种在

我的怀里！

一

方才在 L 君的屋里，我手里拿着一本红皮的《拜伦诗选》，我同 L 君正谈论在芝罘写成的一部小说；——窗外的风，不知是什么时候刮起来的，越刮越大了。

——窗外的菊花不知怎样了——L 君出去看菊花，我也很无趣地走出来了；同时我感到一种不快，因为菊花既不开于春夏，而开于秋深时，西风的摧残自然不能免，L 君太有些多虑了！另一方面，我对于菊花并不十分爱它；我爱的是血红的颜色，我爱哀艳的情调，它实在有些过于素淡了！

重阳的夜里，听了半夜秋雨；无限的悲思，都被织入淅沥声中。第二天早晨起来，北河沿的两行弱柳，陡然消瘦了许多。我一边走，一边拾路上被雨打落的黄叶。——曾几何时，我由 L 君屋中出来，独立在他门前的小桥上，中天是将要圆了的明月，桥下流水，两旁柳树被西风撼动的——我为了明天的它们，真不敢设想了！路上的黄叶，也拾不过来了！我寂寞无语。路上将与污泥同朽的黄叶！夏日的繁荣呢？春日的生意呢？我束手无策，眼看着将与污泥同朽！曾在这里欢唱过南海滨的燕子，你们在如此的月下，双双地作美好的夏夜之梦，你们哪里知道这些黄叶！我恨不能身生两翼，把你们叫回来，叫你们知道知道这些黄叶的飘零！

《拜伦诗选》还在我的手里，我细细地声音，在月色声里，风声色中，背诵了一遍《夭夭雅典女》——呵！诗人，薄命的诗人终于是薄命的诗人！含笑的女郎终于是含笑的女郎！土砾一般的社会终于是土砾一般的社会！

但顿拜伦是我师，

才如江海命如丝：

朱弦休为佳人绝——

孤愤酸情欲语谁？

二

薄命的诗人终于是薄命的诗人！

女郎们总是欢笑的，他们怕见你 Melancholy 的面孔！

社会是名誉，金钱，美人三要素所组成——如影之随形的沉重的悲哀，尽足餐受，哪有功夫去作戕贼性的学者！哪有功夫去作蝇营狗苟的守财奴！哪有功夫去作绅士一般的女人的丈夫！

名誉，只限于学者；金钱，只限于守财奴；美人，只能够作丈夫的才能得到！可怜我们的小孩子一般不知好歹的薄命诗人！既没有上具的三种才能，偏又想得那三件东西，何异于缘木而求鱼！"愿世上女人皆待我如其良人，愿世上男子皆待我如其兄弟"，不但人类不许，就是上帝

也不许呀！你们是人类的叛徒！你们是社会的危险分子！你们只合摈之于人类社会之外！万不得已时，唱一唱

　　　　　雨笠烟蓑归去也，
　　　　　与人无爱亦无嗔！

　　也就罢了！
　　窗外的风声，更大了，这原是北方深秋夜里的惯例。我在惨淡的灯下，写了"沾泥残絮"四字，我的胸怀里不知又添了几倍凄冷！咳，我想起参寥诗句

　　　　　禅心已作沾泥絮，
　　　　　不逐东风上下狂！

　　又想到当年暮雨中骑驴过阊门的曼殊！"芒鞋破钵无人识，踏过樱花第几桥"的曼殊！西湖听杜鹃的曼殊！"恒河落日千山碧，王舍号风万木烟"里的曼殊！……春申江畔，红灯绿酒，倒在商女怀里恫哭的曼殊！——处在这种无可奈何的境界，作这种无可奈何的人，只有呻吟病榻，徘徊异土，除了与世长辞，何处又是家乡呢？

　　　　　收拾禅心侍镜台，
　　　　　沾泥残絮有沉哀！

湘弦洒遍胭脂泪，

香火重生劫后灰。

三

几棵白杨树，面前的青山倒影水中，水里泛着三只白鹅，手拿着 Lyra 琴，斜披了一件红袖的 Anakreon，正在这里歌唱他的情曲！

古希腊的 Anakreon，歌颂美人醇酒的 Anakreon! 你的影像不知在我脑里，每日要现多少次！

Klopstock 的 Hermanniade，包含的哲理，诚然深邃了，但是 Lessing 讥你在诗歌中如鸟中之鸵鸟，你要承受的。包办问题剧，一点说不到人生心灵深处的萧伯纳，我眼看着你的生命在二十世纪埋葬。——作哲理诗，干燥无聊的人们，请你们赶快去作得博士的论文去吧！侮蔑文艺，专门以之作换汤不换药的改造事业的人们，你们赶快去读《社会改造原理》去吧！

诗人！我不希望你有多少宏篇巨制！我只希望你有一些零篇断句能够遗留下来，使我知道你的诗的生涯之断片！我不希望你生时如何受人赞美，死后如何受人崇拜！我只希望你生时是孤零零地，死后能够被少数后来的知己，在夕阳西下或是夜雨潇潇的时候想起你来，暗暗地洒些泪珠！

我这样的希望——曼殊的几十篇绝句，几十条杂记，几封给朋友的信札，永远在我的怀里！朋友谈话时，我并不常谈它；风前月下，我也不常读它。只要我轻轻背诵了它的一两句，已足使我惆怅，使我沉思了！

可怜他薄命的一生！

那个香山的商人——曼殊的父亲——在日本受了异乡情调的女子的诱惑，产生的这个可怜的婴儿！

回国遭了族人的摈斥，遭了父亲的死亡——母亲也舍他东归了！卧病在耶婆提；卧病在日本，——儿时的巷陌，都不能寻得！

可怜他二十余年的四海飘零——道院里，妓院里，雪茄烟，鸦片，酒，肉：终于是一件最大的徬徨，惆怅！

> 万户千门尽劫灰——
>
> 吴姬含笑踏青来；
>
> 今日已无天下色，
>
> 莫牵麋鹿上苏台！

一九二三，十，二十二夜，狂风

（选自《苏曼殊全集》第四册，北新书局1928年版）

陌 巷

丰子恺

杭州的小街道都称为巷。这名称是我们故乡所没有的。我幼时初到杭州，对于这巷字颇注意。我以前在书上读到颜子"居陋巷，一箪食，一瓢饮"的时候，常疑所谓"陋巷"，不知是甚样的去处。想来大约是一条坍圮，龌龊而狭小的弄，为灵气所钟而居了颜子的。我们故乡尽不乏坍圮，龌龊，狭小的弄，但都不能使我想象做陋巷。及到了杭州，看见了巷的名称，才在想象中确定颜子所居的地方，大约是这种巷里。每逢走过这种巷，我常怀疑那颓垣破壁的里面，也许隐居着今世的颜子。就中有一条巷，是我所认为陋巷的代表的。只要说起陋巷两字，我脑中会立刻浮出这巷的光景来。其实我只到过这陋巷里三次，不过这三次的印象都很清楚，现在都写得出来。

第一次我到这陋巷里，是将近二十年前的事。那时我只十七八岁，正在杭州的师范学校里读书。我的艺术科教师 L 先生^①似乎嫌艺术的力道薄弱，过不来他的精神生活的瘾，把图画音乐的书籍用具送给我们，自己到山里去断了十七天食，回来又研究佛法，预备出家了。在出家前的某日，他带了我到这陋巷里去访问 M 先生^②。我跟着 L 先生走进这陋巷中的一间老屋，就看见一位身材矮胖而满面须髯的中年男子从里面走出来应接我们。我被介绍，向这位先生一鞠躬，就坐在一只椅子上听他们的谈话。我其实全然听不懂他们的话，只是断片地听到什么"楞严"、"圆觉"等名词，又有一个英语"philosophy"^③出现在他们的谈话中。这英语是我当时新近记诵的，听到时怪有兴味。可是话的全体的意义我都不解。这一半是因为 L 先生打着天津白，M 先生则叫工人倒茶的时候说纯粹的绍兴土白，面对我们谈话时也作北腔的方言，在我都不能完全通用。当时我想，你若肯把我当作倒茶的工人，我也许还能近得懂些。但这话不好对他说，我只得假装静听的样子坐着，其实我在那里偷看这位初见的 M 先生的状貌。他的头圆而大，脑部特别丰隆，假如身体不是这样矮胖，一定负载不起。他的眼不像 L 先生的眼的纤细，圆大而炯炯发光，上眼帘弯成一条坚致有力的弧线，切着下面的深黑的瞳子。他的须髯从左耳根缘着脸孔一直挂到右耳根，颜色与眼瞳一样深黑。我当时正热中于木炭画，我觉得他的肖像宜用木炭描写，但那坚致有力的眼线，是我的木

---

　　①　指李叔同先生。——编者注。

　　②　指马一浮先生。——编者注。

　　③　意即哲学。——编者注。

炭所描不出的。我正在这样观察的时候，他的谈话中突然发出哈哈的笑声。我惊奇他的笑声响亮而愉快，同他的话声全然不接，好像是两个人的声音。他一面笑，一面用炯炯发光的眼黑顾视到我。我正在对他作绘画的及音乐的观察，全然没有知道可笑的理由，但因假装着静听的样子，不能漠然不动；又不好意思问他"你有什么好笑"而请他重说一遍，只得再假装领会的样子，强颜作笑。他们当然不会考问我领会到如何程度，但我自己问心，很是惭愧。我惭愧我的装腔作笑，又痛恨自己何以听不懂他们的话。他们的话愈谈愈长，M先生的笑声愈多愈响，同时我的愧恨也愈积愈深。从进来到辞去，一向做个怀着愧恨的傀儡，冤枉地被带到这陋巷中的老屋里来摆了几个钟头。

第二次我到这陋巷，在于前年，是做傀儡之后十六年的事了。这十六七年之间，我东奔西走地糊口于四方，多了妻室和一群子女，少了一个母亲；M先生则十余年如一日，长是孑然一身地隐居在这陋巷的老屋里。我第二次见他，是前年的清明日，我是代L先生送两块印石而去的。我看见陋巷照旧是我所想象的颜子的居处，那老屋也照旧古色苍然。M先生的音容和十余年前一样，坚致有力的眼帘，炯炯发光的黑瞳，和响亮而愉快的谈笑声。但是听这谈笑声的我，与前大异了。我对于他的话，方言不成问题，意思也完全懂得了。像上次做傀儡的苦痛，这会已经没有，可是另感到一种更深的苦痛：我那时初失母亲——从我孩提时兼了父职抚育我到成人，而我未曾有涓埃的报答的母亲。痛恨之极，心中充满了对于无常的悲愤和疑惑。自己没有解除这悲和疑的能力，便堕入了颓唐的状态。我只想跟着孩子们到山巅水滨去 picnic[①]，以暂时忘却我的苦痛，而独怕听接触人生根本问题的话。我是明知故犯地堕落了。但我的堕落在我所处的社会环境中颇能隐藏。因为我每天还为了糊口而读几页书，写几小时的稿，长年除荤戒酒，不看戏，又不赌博，所有的嗜好只是每天吸半听美丽牌香烟，吃些糖果，买些玩具同孩子们弄弄。在我所处的社会环境中的人看来，这样的人非但不堕落，着实是有淘剩[②]的。但 M 先生的严肃的人生，显明地衬出了我的堕落。他和我谈起我所作而他所序的《护生画集》，勉励我；知道我抱着风木之悲，又为我解说无常，劝慰我。其实我不须听他的话，只要望见他的颜色，已觉羞愧得无地自容了。我心中似有一团"剪不断，理还乱"的丝，因为解不清楚，用纸包好了藏着。M 先生的态度和说话，着力地在那里发开我这纸包来。我在他面前渐感局促不安，坐了约一小时就告辞。当他送我出门的时候，我感到与十余年前在这里做了几小时傀儡而解放出来时同样愉快的心情。我走出那陋巷，看见街角上停着一辆黄包车，便不问价钱，跨了上去。仰看天色晴明，决定先到采芝斋买些糖果，带了到六和塔去度送这清明日。但当我晚上拖了疲倦的肢体而回到旅馆的时候，想起上午所访问的主人，热烈地感到畏敬的亲爱。我准拟明天再去访他，把心中的纸包打开来给他看。但到了明朝，我的心又全被西湖的春色所占据了。

第三次我到这陋巷，是最近一星期前的事。这回是我自动去访问的。M 先生照旧孑然一身地隐居在那陋巷的老屋里，两眼照旧描着坚致有力

①　意即野餐。——编者注。

②　淘剩，意即出息，是作者家乡方言。——编者注。

的线而炯炯发光，谈笑声照旧愉快。只是使我惊奇的，他的深黑的须髯已变成银灰色，渐近白色了。我心中浮出"白发不能容宰相，也同闲客满头生"之句，同时又悔不早些常来亲近他，而自恨三年来的生活的堕落。现在我的母亲已死了三年多了^①，我的心似已屈服于"无常"，不复如前之悲愤，同时我的生活也就从颓唐中爬起来，想对"无常"作长期的抵抗了。我在古人诗词中读到"笙歌归院落，灯火下楼台"，"六朝旧时明月，清夜满秦淮"，"白头宫女在，闲坐说玄宗"等咏叹无常的文句，不肯放过，给它们翻译为画。以前曾寄两幅给 M 先生，近来想多集些文句来描画，预备作一册《无常画集》。我就把这点意思告诉他，并请他指教。他欣然地指示我许多可找这种题材的佛经和诗文集，又背诵了许多佳句给我听。最后他翻然地说道："无常就是常。无常容易画，常不容易画。"我好久没有听见这样的话了，怪不得生活异常苦闷。他这话把我从无常的火宅中救出，使我感到无限的清凉。当时我想，我画了《无常画集》之后，要再画一册《常画集》。《常画集》不须请他作序，因为自始至终每页都是空白的。这一天我走出那陋巷，已是傍晚时候。岁暮的景象和雨雪充塞了道路。我独自在路上彷徨，回想前年不问价钱跨上黄包车那一回，又回想二十年前作了几小时傀儡而解放出来那一会，似觉身在梦中。

一九三三年一月十五日于石门湾

（选自《缘缘堂随笔集》，浙江文艺出版社1983年版）

---

① 作者的母亲死于一九三〇年农历正月初五。——编者注。

佛无灵

丰子恺

　　我家的房子——缘缘堂——于去冬吾乡失守时被敌寇的烧夷弹焚毁了。我率全眷避地萍乡，一两个月后才知道这消息。当时避居上海的同乡某君作诗以吊，内有句云："见语缘缘堂亦毁，众生浩劫佛无灵。"第二句下面注明这是我的老姑母的话。我的老姑母今年七十余岁，我出亡时苦劝她同行，未蒙允许，至今尚在失地中。五年前缘缘堂创造的时候，她老人家镇日拿了史的克在基地上代为擘划，在工场中代为巡视，三寸长的小脚常常遍染了泥污而回到老房子里来吃饭。如今看它被焚，怪不得要伤心，而叹"佛无灵"。最近她有信来（托人带到上海友人处，转寄到桂林来的），末了说：缘缘堂虽已全毁，但烟囱尚完好，矗立于瓦砾场中。此是火食不断之象，将来还可做人家。

缘缘堂烧了是"佛无灵"之故。这句话出于老姑母之口，入于某君之诗，原也平常。但我却有些反感。不指摘某君思想不对，也不是批评老姑母话语说错，实在是慨叹一般人对于"佛"的误解，因为某君和老姑母并不信佛，他们是一般按照所谓信佛的人的心理而说这话的。

　　我十年前曾从弘一法师学佛，并且吃素。于是一般所谓"信佛"的人就称我为居士，引我为同志。因此我得交接不少所谓"信佛"的人。但是，十年以来，这些人我早已看厌了。有时我真懊悔自己吃素，我不屑与他们为伍。（我受先父遗传，平生不吃肉类。故我的吃素半是生理关系。我的儿女中有二人也是生理的吃素，吃下荤腥去要呕吐。但那些人以为我们同他们一样，为求利而吃素。同他们辩，他们还以为客气，真是冤枉。所以我有时懊悔自己吃素，被他们引为同志。）因为这班人多数自私自利，丑态可掬。非但完全不解佛的广大慈悲的精神，其我利自私之欲且比所谓不信佛的人深得多！他们的念佛吃素，全为求私人的幸福。好比商人拿本钱去求利。又好比敌国的俘虏背弃了他们的伙伴，向我军官跪喊"老爷饶命"，以求我军的优待一样。

　　信佛为求人生幸福，我绝不反对。但是，只求自己一人一家的幸福而不顾他人，我瞧他不起。得了些小便宜就津津乐道，引为佛祐；（抗战期中，靠念佛而得平安逃难者，时有所闻。）受了些小损失就怨天尤人，叹"佛无灵"，真是"阿弥陀佛，罪过罪过"！他们平日都吃素、放生、念佛、诵经。但他们的吃一天素，希望比吃十天鱼肉更大的报酬。他们放一条蛇，希望活一百岁。他们念佛诵经，希望个个字变成金钱。这些人从佛堂里散出来，说的统是果报；某人长年吃素，邻家都烧光了，他家毫无损失。某人念"金刚经"，强盗洗劫时独不抢他的。某人无子，信佛后一索得男。某人痔疮发，念了"大慈大悲观世音菩萨"，痔疮立刻断根……此外没有一句真正关于佛法的话。这完全是同佛做买卖，靠佛图利，吃佛饭。这真是所谓："群居终日，言不及义，好行小惠，难矣哉！"

我也曾吃素。但我认为吃素吃荤真是小事，无关大体。我曾作《护生画集》，劝人戒杀。但我的护生之旨是护心（其义见该书马序），不杀蚂蚁非为爱惜蚂蚁之命，乃为爱护自己的心，使勿养成残忍。顽童无端一脚踏死群蚁，此心放大起来，就可以坐了飞机拿炸弹来轰炸市区。故残忍心不可不戒。因为所惜非动物本身，故用"仁术"来掩耳盗铃，是无伤的。我所谓吃荤吃素无关大体，意思就在于此。浅见的人，执着小体，斤斤计较；洋蜡烛用兽脂做，故不宜点；猫要吃老鼠，故不宜养；没有雄鸡交合而生的蛋可以吃得。……这样地钻进牛角尖里去，真是可笑。若不顾小失大，能以爱物之心爱人，原也无妨，让他们钻进牛角尖里去碰钉子吧。但这些人往往自私自利，有我无人；又往往以此做买卖，以此图利，靠此吃饭，亵渎佛法，非常可恶。这些人简直是一种疯子，一种惹人讨嫌的人。所以我瞧他们不起，我懊悔自己吃素，我不屑与他们为伍。

真是信佛，应该理解佛陀四大皆空之义，而屏除私利；应该体会佛陀的物我一体，广大慈悲之心，而护爱群生。至少，也应知道亲亲而仁民，仁民而爱物之道。爱物并非爱惜物的本身，乃是爱人的一种基本练习。

不然，就是"今恩足以及禽兽而功不至于百姓"的齐宣王。上述这些人，对物则憬憬爱惜，对人间痛痒无关，已经是循流忘源，见小失大，本末颠倒的了。再加之于自己唯利是图，这真是此间一等愚痴的人，不应该称为佛徒，应该称之为反"佛徒"。

因为这种人世间很多，所以我的老姑母看见我的房子被烧了，要说"佛无灵"的话，所以某君要把这话收入诗中。这种人大概是想我曾经吃素，曾经作《护生画集》，这是一笔大本钱！拿这笔大本钱同佛做买卖所获的利，至少应该是别人的房子都烧了而我的房子毫无损失。便宜一点，应该是我不必逃避，而敌人的炸弹会避开我；或竟是我做汉奸发财，再添造几间新房子和妻子享用，正规军都不得罪我。今我没有得到这些利益，只落得家破人亡（流亡也），全家十口飘零在五千里外，在他们看来，这笔生意大蚀其本！这个佛太不讲公平交易，安得不骂"无灵"？

我也来同佛做买卖吧。但我的生意经和他们不同：我以为我这次买卖并不蚀本，且大得其利，佛毕竟是有灵的。人生求利益，谋幸福，无非为了要活，为了"生"。但我们还要求比"生"更贵重的一种东西，就是古人所谓"所欲有甚于生者"。这东西是什么？平日难于说定，现在很容易说出，就是"不做亡国奴"，就是"抗敌救国"。与其不得这东西而生，宁愿得这东西而死。因为这东西比"生"更为贵重。现在佛已把这宗最贵重的货物交付我了。我这买卖岂非大得其利？房子不过是"生"的一种附饰而已。我得了比"生"更贵的货物，失了"生"的一件小小的附饰，有什么可惜呢？我便宜了！佛毕竟是有灵的。

叶圣陶先生的《抗战周年随笔》中说："……我在苏州的家屋至今没有毁。我并不因为它没有毁而感到欢喜。我希望它被我们游击队的枪弹打得七穿八洞，我希望它被我们正规军队的大炮轰得尸骨无存，我甚而至于希望它被逃命无从的寇军烧个干干净净。"他的房子，听说建成才两年，而且比我的好。他如此不惜，一定也获得那样比房子更贵重的东西在那里。但他并不吃素，并不作《护生画集》。即他没有下过那种本钱。佛对于没有本钱的人，也把贵重货物交付他。这样看来，对佛买卖这种本钱是没有用的。毕竟，对佛是不可做买卖的。

二十七年（1938年）七月二十四日于桂林

（选自《缘缘堂随笔集》，浙江文艺出版社1983年版）

悼夏丏尊先生

丰子恺

　　我从重庆郊外迁居城中，候船返沪。刚才迁到，接得夏丏尊老师逝世的消息。记得三年前，我从遵义迁重庆，临行时接得弘一法师往生的电报。我所敬爱的两位教师的最后消息，都在我行旅倥偬的时候传到。这偶然的事，在我觉得很是蹊跷。因为这两位老师同样的可敬可爱，昔年曾经给我同样宝贵的教诲；如今噩耗传来，也好比给我同样的最后训示。这使我感到分外的哀悼与警惕。

　　我早已确信夏先生是要死的，同确信任何人都要死的一样。但料不到如此其速。八年违教，快要再见，而终于不得再见！真是天实为之，谓之何哉！

　　犹忆二十六年秋，芦沟桥事变之际，我从南京回杭州，中途在上海下车，到梧州路去看夏先生。先生满面忧愁，说一句话，叹一口气。我因为要乘当天的夜车返杭，匆匆告别。我说："夏先生再见。"夏先生好像骂我一般愤然地答道："不晓得能不能再见！"同时又用凝注的眼光，站立在门口目送我。我回头对他发笑。因为夏先生老是善愁，而我总是笑他多忧。岂知这一次正是我们的最后一面，果然这一别"不能再见了"！

后来我扶老携幼，仓皇出奔，辗转长沙、桂林、宜山、遵义、重庆各地。夏先生始终住在上海。初年还常通信。自从夏先生被敌人捉去监禁了一回之后，我就不敢写信给他，免得使他受累。胜利一到，我写了一封长信给他。见他回信的笔迹依旧遒劲挺秀，我很高兴。字是精神的象征，足证夏先生精神依旧，当时以为马上可以再见了，岂知交通与生活日益困难，使我不能早归；终于在胜利后八个半月的今日，在这山城客寓中接到他的噩耗，也可说是"抱恨终天"的事！

夏先生之死，使"文坛少了一位老将"，"青年失了一位导师"，这些话一定有许多人说，用不着我再讲。我现在只就我们的师弟情缘上表示哀悼之情。

夏先生与李叔同先生（弘一法师），具有同样的才调，同样的胸怀。不过表面上一位做和尚，一位是居士而已。

犹忆三十余年前，我当学生的时候，李先生教我们图画、音乐，夏先生教我们国文。我觉得这三种学科同样的严肃而有兴趣。就为了他们二人同样的深解文艺的真谛，故能引人入胜。夏先生常说："李先生教图画、音乐，学生对图画、音乐，看得比国文、数学等更重。这是有人格作背景的原故。因为他教图画、音乐，而他所懂得的不仅是图画、音乐；他的诗文比国文先生的更好，他的书法比习字先生的更好，他的英文比英文先生的更好……这好比一尊佛像，有后光，故能令人敬仰。"这话也可说是"夫子自道"。夏先生初任舍监，后来教国文。但他也是博学多能，只除不弄音乐以外，其他诗文、绘画（鉴赏）、金石、书法、理学、佛典，以至外国文、科学等，他都懂得。因此能和李先生交游，因此能得学生的心悦诚服。

他当舍监的时候，学生们私下给他起个诨名，叫夏木瓜。但这并非恶意，却是好心。因为他对学生如对子女，率直开导，不用敷衍、欺蒙、压迫等手段，学生们最初觉得忠言逆耳，看见他的头大而圆，就给他起这个诨名。但后来大家都知道夏先生是真爱我们，这绰号就变成了爱称而沿用下去。凡学生有所请愿，大家都说："同夏木瓜讲，这才成功。"他听到请愿，也许暗呜叱咤地骂你一顿；但如果你的请愿合乎情理，他就当作自己的请愿，而替你设法了。

他教国文的时候，正是"五四"将近。我们做惯了"太王留别父老书"、"黄花主人致无肠公子书"之类的文题之后，他突然叫我们做一篇"自述"。而且说："不准讲空话，要老实写。"有一位同学，写他父亲客死他乡，他"星夜匍伏奔丧"。夏先生苦笑着问他："你那天晚上真个是在地上爬去的？"引得大家发笑，那位同学脸孔绯红。又有一位同学发牢骚，赞隐遁，说要"乐琴书以消忧，抚孤松而盘桓"。夏先生厉声问他："你为什么来考师范学校？"弄得那人无言可对。这样的教法，最初被顽固守旧的青年所反对。他们以为文章不用古典，不发牢骚，就不高雅。竟有人说："他自己不会做古文（其实做得很好），所以不许学生做。"但这样的人，毕竟是少数。多数学生，对夏先生这种从来未有的、大胆的革命主张，觉得惊奇与折服，好似长梦猛醒，恍悟今是昨非。这正是五四运动的初步。

李先生做教师，以身作则，不多讲话。使学生衷心感动，自然诚服。譬如上课，他一定先到教室，黑板上应写的，都先写好（用另一黑板遮住，用到的时候推开来）。然后端坐在讲台上等学生到齐。譬如学生还琴时弹错了，他举目对你一看，但说："下次再还。"有时他没有说，学生吃了他一眼，自己请求下次再还了。他话很少，说时总是和颜悦色的。但学生非常怕他，敬爱他。夏先生则不然，毫无矜持，有话直说。学生便嘻皮笑脸，同他亲近。偶然走过校庭，看见年纪小的学生弄狗，他也要管："为啥同狗为难！"放假日子，学生出门，夏先生看见了便喊："早些回来，勿可吃酒啊！"学生笑着连说："不吃，不吃！"赶快走路。走得远了，夏先生还要大喊："铜钿少用些！"学生一方面笑他，一方面实在感激他，敬爱他。

夏先生与李先生对学生的态度，完全不同。而学生对他们的敬爱，则完全相同。这两位导师，如同父母一样。李先生的是"爸爸的教育"，夏先生的是"妈妈的教育"。夏先生后来翻译的《爱的教育》，风行国内，深入人心，甚至被取作国文教材。这不是偶然的事。

我师范毕业后，就赴日本。从日本回来就同夏先生共事，当教师，当编辑。我遭母丧后辞职闲居，直至逃难。但其间与书店关系仍多，常到上海与夏先生相晤。故自我离开夏先生的绛帐，直到抗战前数日的诀别，二十年间，常与夏先生接近，不断地受他的教诲。其时李先生已经做了和尚，芒鞋破钵，云游四方，和夏先生仿佛是两个世界的人。但在我觉得仍是以前的两位导师，不过所导的范围由学校扩大为人世罢了。

李先生不是"走投无路，遁入空门"的，是为了人生根本问题而做和尚的。他是真正做和尚，他是痛感于众生疾苦而"行大丈夫事"的。夏先生虽然没有做和尚，但也是完全理解李先生的胸怀的；他是赞善李先生的行大丈夫事的。只因种种尘缘的牵阻，使夏先生没有勇气行大丈夫事。夏先生一生的忧愁苦闷，由此发生。

凡熟识夏先生的人，没有一个不晓得夏先生是个多忧善愁的人。他看见世间的一切不快、不安、不真、不善、不美的状态，都要皱眉，叹气。他不但忧自家，又忧友，忧校，忧店，忧国，忧世。朋友中有人生病了，夏先生就皱着眉头替他担忧；有人失业了，夏先生又皱着眉头替他着急；有人吵架了，有人吃醉了，甚至朋友的太太要生产了，小孩子跌跤了……夏先生都要皱着眉头替他们忧愁。学校的问题，公司的问题，别人都当作例行公事处理的，夏先生却当作自家的问题，真心地担忧。国家的事，世界的事，别人当作历史小说看的，在夏先生都是切身问题，真心地忧愁，皱眉，叹气。故我和他共事的时候，对夏先生凡事都要讲得乐观些，有时竟瞒过他，免得使他增忧。他和李先生一样的痛感众生的疾苦。但他不能和李先生一样行大丈夫事；他只能忧伤终老。在"人世"这个大学校里，这二位导师所施的仍是"爸爸的教育"与"妈妈的教育"。

朋友的太太生产，小孩子跌跤等事，都要夏先生担忧。那么，八年来水深火热的上海生活，不知为夏先生增添了几十万斛的忧愁！忧能伤人，夏先生之死，是供给忧愁材料的社会所致使，日本侵略者所促成的！

以往我每逢写一篇文章，写完之后总要想："不知这篇东西夏先生看了怎么说。"因为我的写文，是在夏先生的指导鼓励之下学起来的。今天写完了这篇文章，我又本能地想："不知这篇东西夏先生看了怎么说。"两行热泪，一齐沉重地落在这原稿纸上。

一九四六年五月一日于重庆客寓

（选自《缘缘堂随笔集》，浙江文艺出版社1983年版）

我的第一个师父

鲁迅

不记得是那一部旧书上看来的了，大意说是有一位道学先生，自然是名人，一生拼命辟佛，却名自己的小儿子为"和尚"。有一天，有人拿这件事来质问他。他回答道："这正是表示轻贱呀！"那人无话可说而退云。

其实，这位道学先生是诡辩。名孩子为"和尚"，其中是含有迷信的。中国有许多妖魔鬼怪，专喜欢杀害有出息的人，尤其是孩子；要下贱，他们才放手，安心。和尚这一种人，从和尚的立场看来，会成佛——但也不一定，——固然高超得很，而从读书人的立场一看，他们无家无室，不会做官，却是下贱之流。读书人意中的鬼怪，那意见当然和读书人相同，所以也就不来搅扰了。这和名孩子为阿猫阿狗，完全是一样的意思：容易养大。

还有一个避鬼的法子，是拜和尚为师，也就是舍给寺院了的意思，然而并不放在寺院里。我生在周氏是长男，"物以希为贵"，父亲怕我有出息，因此养不大，不到一岁，便领到长庆寺里去，拜了一个和尚为师了。拜师是否要贽见礼，或者布施什么的呢，我完全不知道。只知道我却由此得到一个法名叫作"长庚"，后来我也偶尔用作笔名，并且在《在酒楼上》这篇小说里，赠给了恐吓自己的侄女的无赖；还有一件百家衣，就是"衲衣"，论理，是应该用各种破布拼成的，但我的却是橄榄形的各色小绸片所缝就，非喜庆大事不给穿；还有一条称为"牛绳"的东西，上挂零星小件，如历本，镜子，银筛之类，据说是可以避邪的。

这种布置，好像也真有些力量：我至今没有死。

不过，现在法名还在，那两件法宝却早已失去了。前几年回北平去，母亲还给了我婴儿时代的银筛，是那时的惟一的纪念。仔细一看，原来那筛子圆径不过寸余，中央一个太极图，上面一本书，下面一卷画，左右缀着极小的尺，剪刀，算盘，天平之类。我于是恍然大悟，中国的邪鬼，是怕斩钉截铁，不能含糊的东西的。因为探究和好奇，去年曾经去问上海的银楼，终于买了两面来，和我的几乎一式一样，不过缀着的小东西有些增减。奇怪得很，半世纪有余了，邪鬼还是这样的性情，避邪还是这样的法宝。然而我又想，这法宝成人却用不得，反而非常危险的。

但因此又使我记起了半世纪以前的最初的先生。我至今不知道他的法名，无论谁，都称他为"龙师父"，瘦长的身子，瘦长的脸，高颧细眼，和尚是不应该留须的，他却有两绺下垂的小胡子。对人很和气，对我也很和气，不教我念一句经，也不教我一点佛门规矩；他自己呢，穿起袈裟来做大和尚，或者戴上毗卢帽放焰口。"无祀孤魂，来受甘露味"的时候，是庄严透顶的，平常可也不念经，因为是住持，只管着寺里的琐屑事，其实——自然是由我看起来——他不过是一个剃光了头发的俗人。

因此我又有一位师母，就是他的老婆。论理，和尚是不应该有老婆的，然而他有。我家的正屋的中央，供着一块牌位，用金字写着必须绝对尊敬和服从的五位："天地君亲师"。我是徒弟，他是师，决不能抗议，而在那时，也决不想到抗议，不过觉得似乎有点古怪。但我是很爱我的师母的，在我的记忆上，见面的时候，她已经大约有四十岁了，是一位胖胖的师母，穿着玄色纱衫裤，在自己家里的院子里纳凉，她的孩子们就来和我玩耍。有时还有水果和点心吃，——自然，这也是我所以爱她的一个大原因；用高洁的陈源教授的话来说，便是所谓"有奶便是娘"，在人格上是很不足道的。

不过我的师母在恋爱故事上，却有些不平常。"恋爱"，这是现在的术语，那时我们这偏僻之区只叫作"相好"。《诗经》云："式相好矣，毋相尤矣"，起源是算得很古，离文武周公的时候不怎么久就有了的，然而后来好像并不算十分冠冕堂皇的好话。这且不管它罢。总之，听说龙师父年青时，是一个很漂亮而能干的和尚，交际很广，认识各种人。有一天，乡下做社戏了，他和戏子相识，便上台替他们去敲锣，精光的头皮，簇新的海青，真是风头十足。乡下人大抵有些顽固，以为和尚是只应该念经拜忏的，台下有人骂了起来。师父不甘示弱，也给他们一个回骂。于是战争开幕，甘蔗梢头雨点似的飞上来，有些勇士，还有进攻之势，"彼众我寡"，他只好退走，一面退，一面一定追，逼得他又只好慌张的躲进一家人家去。而这人家，又只有一位年青的寡妇。以后的故事，我也不甚了然了，总而言之，她后来就是我的师母。

自从《宇宙风》出世以来，一向没有拜读的机缘，近几天才看见了"春季特大号"。其中有一篇铼堂先生的《不以成败论英雄》，使我觉得很有趣，他以为中国人的"不以成败论英雄"，"理想是不能不算崇高"的，"然而在人群的组织上实在要不得。抑强扶弱，便是永远不愿意有强。崇拜失败英雄，便是不承认成功的英雄"。"近人有一句流行话，说中国民族富于同化力，所以辽金元清都并不曾征服中国。其实无非是一种惰性，对于新制度不容易接收罢了"。我们怎样来改悔这"惰性"呢，现在姑且不谈，而且正在替我们想法的人们也多得很。我只要说那位寡妇之所以变了我的师母，其弊病也就在"不以成败论英雄"。乡下没有活的岳飞或文天祥，所以一个漂亮的和尚在如雨而下的甘蔗梢头中，从戏台逃下，也就是一个货真价实的失败的英雄。她不免发现了祖传的"惰性"，崇拜起来，对于追兵，也像我们的祖先的对于辽金元清的大军似的，"不承认成功的英雄"了。在历史上，这结果是正如铼堂先生所说："乃是中国的社会不树威是难得帖服的"，所以活该有"扬州十日"和"嘉定三屠"。但那时的乡下人，却好像并没有"树威"，走散了，自然，也许是他们料不到躲在家里。

因此我有了三个师兄，两个师弟。大师兄是穷人的孩子，舍在寺里，或是卖在寺里的；其余的四个，都是师父的儿子，大和尚的儿子做小和尚，我那时倒并不觉得怎么稀奇。大师兄只有单身；二师兄也有家小，但他对我守着秘密，这一点，就可见他的道行远不及我的师父，他的父亲了。而且年龄都和我相差太远，我们几乎没有交往。

三师兄比我恐怕要大十岁，然而我们后来的感情是很好的，我常常替他担心。还记得有一回，他要受大戒了，他不大看经，想来未必深通什么大乘教理，在剃得精光的囟门上，放上两排艾绒，同时烧起来，我看是总不免要叫痛的，这时善男信女，多数参加，实在不大雅观，也失了我做师弟的体面。这怎么好呢？每一想到，十分心焦，仿佛受戒的是我自己一样。然而我的师父究竟道力高深，他不说戒律，不谈教理，只在当天大清早，叫了我的三师兄去，厉声吩咐道："拼命熬住，不许哭，不许叫，要不然，脑袋就炸开，死了！"这一种大喝，实在比什么《妙法莲花经》或《大乘起信论》还有力，谁高兴死呢，于是仪式很庄严的进行，虽然两眼比平时水汪汪，但到两排艾绒在头顶上烧完，的确一声也不出。我嘘一口气，真所谓"如释重负"，善男信女们也个个"合十赞叹，欢喜布施，顶礼而散"了。

出家人受了大戒，从沙弥升为和尚，正和我们在家人行过冠礼，由童子而为成人相同。成人愿意"有室"，和尚自然也不能不想到女人。以为和尚只记得释迦牟尼或弥勒菩萨，乃是未曾拜和尚为师，或与和尚为友的世俗的谬见。寺里也有确在修行，没有女人，也不吃荤的和尚，例如我的大师兄即是其一，然而他们孤僻，冷酷，看不起人，好像总是郁郁不乐，他们的一把扇或一本书，你一动他就不高兴，令人不敢亲近他。所以我所熟识的，都是有女人，或声明想女人，吃荤，或声明想吃荤的和尚。

我那时并不诧异三师兄在想女人，而且知道他所理想的是怎样的女人。人也许以为他想的是尼姑罢，并不是的，和尚和尼姑"相好"，加倍的不便当。他想的乃是千金小姐或少奶奶；而作这"相思"或"单相思"——即今之所谓"单恋"也——的媒介的是"结"。我们那里的阔人家，一有丧事，每七日总要做一些法事，有一个七日，是要举行"解结"的仪式的，因为死人在未死之前，总不免开罪于人，存着冤结，所以死后要替他解散。方法是在这天拜完经忏的傍晚，灵前陈列着几盘东西，是食物和花，而其中有一盘，是用麻线或白头绳，穿上十来文钱，两头相合而打成蝴蝶式，八结式之类的复杂的，颇不容易解开的结子。一群和尚便环坐桌旁，且唱且解，解开之后，钱归和尚，而死人的一切冤结也从此完全消失了。这道理似乎有些古怪，但谁都这样办，并不为奇，大约也是一种"惰性"。不过解结是并不如世俗人的所推测，个个解开的，倘有和尚以为打得精致，因而生爱，或者故意打得结实，很难解散，因而生恨的，便能暗暗的整个落到僧袍的大袖里去，一任死者留下冤结，到地狱里去吃苦。这种宝结带回寺里，便保存起来，也时时鉴赏，恰如我们的或亦不免偏爱看看女作家的作品一样。当鉴赏的时候，当然也不免想到作家，打结子的是谁呢，男人不会，奴婢不会，有这种本领的，不消说是小姐或少奶奶了。和尚没有文学界人物的清高，所以他就不免睹物思人，所谓"时涉遐想"起来，至于心理状态，则我虽曾拜和尚为师，但究竟是在家人，不大明白底细。只记得三师兄曾经不得已而分给我几个，有些实在打得精奇，有些则打好之后，浸过水，还用剪刀柄之类砸实，使和尚无法解散。解结，是替死人设法的，现在却和和尚为难，我真不知道小姐或少奶奶是什么意思。这疑问直到二十年后，学了一点医学，才明白原来是给和尚吃苦，颇有一点虐待异性的病态的。深闺的怨恨，会无线电似的报在佛寺的和尚身上，我看道学先生可还没有料到这一层。

后来，三师兄也有了老婆，出身是小姐，是尼姑，还是"小家碧玉"呢，我不明白，他也严守秘密，道行远不及他的父亲了。这时我也长大起来，不知道从那里，听到了和尚应守清规之类的古老话，还用这话来嘲笑他，本意是在要他受窘。不料他竟一点不窘，立刻用"金刚怒目"式，向我大喝一声道：

"和尚没有老婆，小菩萨那里来！？"

这真是所谓"狮吼"，使我明白了真理，哑口无言，我的确早看见寺里有丈余的大佛，有数尺或数寸的小菩萨，却从未想到他们为什么有大小。经此一喝，我才彻底的省悟了和尚有老婆的必要，以及一切小菩萨的来源，不再发生疑问。但要找寻三师兄，从此却艰难了一点，因为这位出家人，这时就有了三个家了：一是寺院，二是他的父母的家，三是他自己和女人的家。

我的师父，在约略四十年前已经去世；师兄弟们大半做了一寺的住持；我们的交情是依然存在的，却久已彼此不通消息。但我想，他们一定早已各有一大批小菩萨，而且有些小菩萨又有小菩萨了。

（选自《鲁迅全集》6卷，人民文学出版社1981年版）

《子恺漫画》序

夏丏尊

　　新近因了某种因缘，和方外友弘一和尚（在家时姓李，字叔同）聚居了好几日。和尚未出家时，曾是国内艺术界的先辈，披剃以后专心念佛，见人也但劝念佛，不消说，艺术上的话是不谈起了的。可是我在这几日的观察中，却深深地受到了艺术的刺激。

　　他这次从温州来宁波，原预备到了南京再往安徽九华山去的。因为江浙开战，交通有阻，就在宁波暂止，挂单于七塔寺。我得知就去望他。云水堂中住着四五十个游方僧。铺有两层，是统舱式的。他住在下层，见了我笑容招呼，和我在廊下板凳上坐了，说：

　　"到宁波三日了，前两日是住在某某旅馆（小旅馆）里的。"

　　"那家旅馆不十分清爽吧。"我说。

"很好！臭虫也不多，不过两三只。主人待我非常客气呢！"

他又和我说了些在轮船统舱中茶房怎样待他和善，在此地挂单怎样舒服等等的话。

我惘然了，继而邀他明日同往白马湖去小住几日。他初说再看机会，及我坚请，他也就欣然答应。

行李很是简单，铺盖竟是用破席子包的。到了白马湖，在春社里替他打扫了房间，他就自己打开铺盖，先把那破席子珍重地铺在床上，摊开了被，把衣服卷了几件作枕。再拿出黑而且破得不堪的毛巾走到湖边洗面去。

"这手巾太破了，替你换一条好吗？"我忍不住了。

"那里！还好用的，和新的也差不多。"他把那破手巾珍重地张开来给我看，表示还不十分破旧。

他是过午不食的。第二日未到午，我送了饭和两碗素菜去（他坚说只要一碗的，我勉强再加了一碗），在旁坐了陪他。碗里所有的原只是些萝卜白菜之类，可是在他却几乎是要变色而作的盛馔，喜悦地把饭划入口里，郑重地用筷夹起一块萝卜来的那种了不得的神情，我见了几乎要流下欢喜惭愧之泪了！

第二日，有另一位朋友送了四样菜来斋他，我也同席。其中有一碗咸得非常，我说：

"这太咸了！"

"好的！咸的也有咸的滋味，也好的！"

我家和他寄寓的春社相隔有一段路。第三日，他说饭不必送去，可以自己来吃，且笑说乞食是出家人的本能。

　　"那么逢天雨仍替你送去吧。"

　　"不要紧！天雨，我有木屐哩！"他说出木屐二字时，神情上竟俨然是一种了不得的法宝。我总还有些不安。他又说：

　　"每日走些路，也是一种很好的运动。"

　　我也就无法反对了。

　　在他，世间竟没有不好的东西，一切都好，小旅馆好，统舱好，挂单好，破席子好，破旧的手巾好，白菜好，萝卜好，咸苦的蔬菜好，跑路好，什么都有味，什么都了不得。

　　这是何等的风光啊！宗教上的话且不说，琐屑的日常生活到此境界，不是所谓生活的艺术化了吗？人家说他在受苦，我却要说他是享乐。我常见他吃萝卜白菜时那种喜悦的光景，我想：萝卜白菜的全滋味，真滋味，怕要算他才能如实尝到的了。对于一切事物，不为因袭的成见所缚，都还他一个本来面目，如实观照领略，这才是真解脱，真享乐。

　　艺术的生活原是观照享乐的生活，在这一点上，艺术和宗教实有同一的归趋。凡为实例或成见所束缚，不能把日常生活咀嚼玩味的，都是与艺术无缘的人。真的艺术，不限在诗里，也不限在画里，到处都有，随时可得。能把它捕捉了用文字表现的是诗人，用形及五彩表现的是画家。不会做诗，不会作画，也不要紧，只要对于日常生活有观照玩味的能力，无论如何都能有权去享受艺术之神的恩宠。否则虽自号为诗人画家，仍是俗物。

与和尚数日相聚，深深地感到这点。自怜囫囵吞枣地过了大半生，平日吃饭着衣，何曾尝到过真的滋味！乘船坐车，看山行路，何曾领略到真的情景！虽然愿从今留意，但是去日苦多，又因自幼未曾经过好好的艺术教养，即使自己有这个心，何尝有十分把握！言之怃然！

正怃然间，子恺来要我序他的漫画集。记得子恺的画这类画，实由于我的怂恿。在这三年中，子恺着实画了不少，集中所收的不过数十分之一。其中含有两种性质，一是写古诗词名句的，一是写日常生活的断片的。古诗词名句原是古人观照的结果，子恺不过再来用画表出一次，至于写日常生活断片的部分，全是子恺自己观照的表现。前者是翻译，后者是创作了。画的好歹且不说，子恺年少于我，对于生活有这样的咀嚼玩味的能力，和我相较，不能不羡子恺是幸福者！

子恺为和尚未出家时画弟子，我序子恺画集，恰因当前所感，并述及了和尚的近事，这是什么不可思议的缘啊！南无阿弥陀佛！

（选自《文学周报》第一九八期）

弘一法师之出家

夏丏尊

今年（一九三九）旧历九月二十日，是弘一法师满六十岁诞辰，佛学书局，因为我是他的老友，嘱写此文字以为纪念，我就把他的出家的经过加以追叙。他是三十九岁那年夏间披剃的，到现在已整整过了二十一年的僧侣生活。我这里所述的，也都是二十年前的旧事。

说起来也许会教大家不相信，弘一法师的出家，可以说和我有关，没有我，也许不至于出家。关于这层，弘一法师自己也承认。有一次，记得是他出家二三年后的事，他要到新城掩关去了，杭州知友们在银洞巷虎跑寺下院替他饯行，有白衣，有僧人，斋后，他在座间指了我向大家道：

"我的出家，大半由于这位夏居士的助缘。此恩永不能忘！"

我听了不禁面红耳赤，惭悚无以自容。因为（一）我当时自己尚无信仰，以为出家是不幸的事情，至少是受苦的事情。弘一法师出家以后即修种种苦行，我见了常不忍。（二）他因我之助缘而出家修行去了，我却竖不起肩膀，仍浮沉在醉生梦死的凡俗之中。所以深深地感到对于他的责任，很是难过。

我和弘一法师（俗姓李，名字屡易，为世熟知者曰息，字曰叔同。）相识，是在杭州浙江两级师范学校（后改名浙江第一师范学校）任教的时候。这个学校有一个特别的地方，不轻易更换教职员。我前后担任了十三年，他担任了七年。在这七年中我们晨夕一堂，相处得很好。他比我长六岁，当时我们已是三十左右的人了，少年名士气息，忏除将尽，想在教育上做些实际功夫。我担任舍监职务，兼教修身课，时时感觉对于学生感化力不足。他教的是图画音乐二科。这两种科目，在他未来以前，是学生所忽视的。自他任教以后，就忽然被重视起来，几乎把全校学生的注意力都牵引过去了。课余但闻琴声歌声，假日常见学生出外写生，这原因一半当然是他对于这二科实力充足，一半也由于他的感化力大。只要提起他的名字，全校师生以及工役没有人不起敬的。他的力量，全由诚敬中发出，我只好佩服他，不能学他。举一个实例来说：有一次，寄宿舍里有学生失少了财物了，大家猜测是某一个学生偷的。检查起来，却没有得到证据。我身为舍监，深觉惭愧苦闷，向他求教。他所指教我的方法，说也怕人，教我自杀！说：

"你肯自杀吗？你若出一张布告，说作贼者速来自首，如三日内无自首者，足见舍监诚信未孚，誓一死以殉教育。果能这样，一定可以感动人，一定会有人来自首。这话须说得诚实，三日后如没有人自首，真非自杀不可。否则便无效力。"

这话在一般人看来是过分之辞，他提出来的时候，却是真心的流露，并无虚伪之意。我自愧不能照行。向他笑谢，他当然也不责备我。我们那时颇有些道学气，俨然以教育自任，一方面又痛感到自己力量的不够，可是所想努力的，还是儒家式的修养，至于宗教方面简直毫无关心的。

有一次，我从一本日本的杂志上见到一篇关于断食的文章，说断食是身心"更新"的修养方法，自古宗教上的伟人，如释迦，如耶稣，都曾断过食。断食，能使人除旧换新，改去恶德，生出伟大的精神力量。并且还列举实行的方法及注意的事项，又介绍了一本专讲断食的参考书。我对于这篇文章很有兴味，便和他谈及，他就好奇地向我要了杂志去看。以后我们也常谈到这事。彼此都有"有机会时最好把断食来试试"的话，可是并没有作过具体的决定。至少在我自己是说过就算了的。约莫经过了一年，他竟独自去实行断食了，这是他出家前一年阳历年假的事。他有家眷在上海，平日每月回上海二次，年假暑假当然都回上海的。阳历年假只十天，放假以后我也就回家去了，总以为他仍照例回到上海了的。假满返校，不见到他，过了两个星期他才回来。据说假期中没有回上海，在虎跑寺断食。我问他"为什么不告诉我？"他笑说："你是能说不能行的，并且这事预先教别人知道也不好，旁人大惊小怪起来，容易发生波折。"他的断食，共三星期。第一星期逐渐减食至尽，第二星期除水以外完全不食，第三星期起，由粥汤逐渐增加至常量。据说经过很顺利，不但并无苦痛，而且身心反觉轻快，有飘飘欲仙之象。他平日是每日早晨写字的，在断食期间，仍以写字为常课。三星期所写的字，有魏碑，有篆文，有隶书，笔力比平日并不减弱。他说断食时，心比平时灵敏，颇有文思，恐出毛病，终于不敢作文。他断食以后，食量大增，且能吃整块的肉（平日虽不茹素，不多食肥腻肉类）。自己觉得脱胎换骨过了，用老子"能婴儿乎"之意，改名李婴。依然教课，依然替人写字，并没有什么和前不同的情形。据我知道，这时他还只看些宋元人的理学书和道家的书类，佛学尚未谈到。

转瞬阴历年假到了，大家又离校。那知他不回上海，又到虎跑寺去了。因为他在那里住过三星期。喜其地方清静，所以又到那里去过年。他的归依三宝，可以说由这时候开始的。据说：他自虎跑寺断食回来，曾去访过马一浮先生，说虎跑寺如何清静，僧人招待如何殷勤。阳历新年，马先生有一个朋友彭先生，求马先生介绍一个幽静的寓处，马先生忆起弘一法师前几天曾提起虎跑寺，就把这位彭先生陪送到虎跑寺去住。恰好弘一法师正在那里，经马先生之介绍，就认识了这位彭先生。同住了不多几天，到正月初八日，彭先生忽然发心出家了，由虎跑寺当家为他剃度。弘一法师目击当时的一切，大大感动。可是还不就想出家，仅归依三宝，拜老和尚了悟法师为归依师，演音的名，弘一的号，就是那时取定的。假期满后，仍回到学校里来。

从此以后，他茹素了，有念珠了，看佛经，室中供佛像了。宋元理学书偶然仍看，道家书似已疏远。他对我说明一切经过及未来志愿，说出家有种种难处，以后打算暂以居士资格修行，在虎跑寺寄住，暑假后不再担任教师职务。我当时非常难堪，平素所敬爱的这样的好友，将弃我遁入空门去了，不胜寂寞之感。在这七年之中，他想离开杭州一师，有三四次之多，有时是因为对于学校当局有不快，有时是因别处来请他，他几次要走，都是经我苦劝而作罢的。甚至于有一时期，南京高师苦苦求他任课，他已接受聘书了，因为我恳留他，他不忍拂我之意，于是杭州南京两处跑，一个月中要坐夜车奔波好几次。他的爱我，可谓已超出寻常友谊之外，眼看这样的好友，因信仰的变化，要离我而去，而且信仰上的事，不比寻常名利关系，可以迁就。料想这次恐已无法留得他住，深悔从前不该留他。他若早离开杭州，也许不会遇到这样复杂的因缘的。暑假渐近，我的苦闷也愈加甚，他虽常用佛法好言安慰我，我总熬不住苦闷。有一次，我对他说过这样的一番狂言：

"这样做居士究竟不彻底。索性做了和尚，倒爽快！"

我这话原是愤激之谈，因为心里难得熬不住了，不觉脱口而出。说出以后，自己也就后悔。他却仍是笑颜对我，毫不介意。

暑假到了，他把一切书籍、字画、衣服等等分赠朋友及校工们，我所得到的是他历年所写的字，他所有折扇及金表等。自己带到虎跑寺去的，只是些布衣及几件日常用品。我送他出校门，他不许再送了，约期后会，黯然而别。暑期后，我就想去看他，忽然我父亲病了，到半个月以后才到虎跑寺去。相见时我吃了一惊，他已剃去短须，头皮光光，著起海青，赫然是个和尚了！笑说：

"昨日受剃度的。日子很好,恰巧是大势至菩萨生日。"

"不是说暂时做居士,在这里住住修行,不出家的吗?"我问。

"这也是你的意思,你说索性做了和尚……"

我无话可说,心中真是感慨万分。他问过我父亲的病况,留我小坐,说要写一幅字,叫我带回去作他出家的纪念。回进房去写字,半小时后才出来,写的是《楞严大势至念佛圆通章》,且加跋语,详记当时因缘,末有"愿他年同生安养共圆种智"的话。临别时我和他作约,尽力护法,吃素一年,他含笑点头,念一句"阿弥陀佛"。

自从他出家以后,我已不敢再谤毁佛法,可是对于佛法见闻不多。对于他的出家,最初总由俗人的见地,感到一种责任。以为如果我不苦留他在杭州,如果我不提出断食的话头,也许不会有虎跑寺马先生彭先生等因缘,他不会出家。如果最后我不因惜别而发狂言,他即使要出家,也许不会那么快速。我一向为这责任之感所苦,尤其在见到他作苦修行或听到他有疾病的时候。近几年以来,我因他的督励,也常亲近佛典,略识因缘之不可思议,知道像他那样的人,是于过去无量数劫种了善根的。他的出家,他的弘法度生,都是夙愿使然,而且都是希有的福德。正应代他欢喜,代众生欢喜。觉得以前的对他不安,对他负责任,不但是自寻烦恼,而且是一种僭妄了。

(选自《夏丏尊文集·平屋之辑》,

浙江人民出版社1983年2月版)

两法师

叶圣陶

在到功德林去会见弘一法师的路上，怀着似乎从来不曾有过的洁净的心情；也可以说带着渴望，不过与希冀看一出著名的电影剧等的渴望并不一样。

弘一法师就是李叔同先生，我最初知道他在民国初年。那时上海有一种《太平洋报》，其艺术副刊由李先生主编，我对于副刊所载他的书画篆刻都中意。以后数年，听人说李先生已经出了家，在西湖某寺。游西湖时，在西泠印社石壁上见到李先生的"印藏"。去年子恺先生刊印《子恺漫画》，丐尊先生给它作序文，说起李先生的生活，我才知道得详明些；就从这时起，知道李先生现在称弘一了。

于是不免向子恺先生询问关于弘一法师的种种。承他详细见告。十分感兴趣之余，自然来了见一见的愿望，就向子恺先生说了。"好的，待有机缘，我同你去见他。"子恺先生的声调永远是这样朴素而真挚的。以后遇见子恺先生，他常常告诉我弘一法师的近况：记得有一次给我看弘一法师的来信，中间有"叶居士"云云，我看了很觉惭愧，虽然"居士"不是什么特别的尊称。

前此一星期，饭后去上工，劈面来三辆人力车。最先是个和尚，我并不措意。第二是子恺先生，他惊喜似地向我颠头。我也颠头，心里就闪电般想起"后面一定是他"。人力车夫跑得很快，第三辆一霎经过时，我见坐着的果然是个和尚，清癯的脸，颔下有稀疏的长髯。我的感情有点激动，"他来了！"这样想着，屡屡回头望那越去越远的车篷的后影。

第二天，就接到子恺先生的信，约我星期日到功德林去会见。

是深深尝了世间味，探了艺术之宫的，却回过来过那种通常以为枯寂的持律念佛的生活，他的态度该是怎样，他的言论该是怎样，实在难以悬揣。因此，在带着渴望的似乎从来不曾有过的洁净的心情里，还搀着些恼怅的成份。

走上功德林的扶梯，被侍者导引进那房间时，近十位先到的恬静地起立相迎。靠窗的左角，正是光线最明亮的地方。站着那位弘一法师，带笑的容颜，细小的眼眸子放出晶莹的光。丏尊先生给我介绍之后，叫我坐在弘一法师的侧边。弘一法师坐下来之后，就悠然数着手里的念珠。我想一颗念珠一声"阿弥陀佛"吧。本来没有什么话要向他谈，见这样更沉入近乎催眠状态的凝思，言语是全不需要了。可怪的是在座一些人，或是他的旧友，或是他的学生，在这难得的会晤时，似乎该有好些抒情的话与他谈，然而不然，大家也只默然不多开口。未必因僧俗殊途，尘净异致，而有所矜持吧。或许他们以为这样默对一二小时，已胜于十年的晤谈了。

晴秋的午前的时光在恬然的静默中经过，觉得有难言的美。

随后又来了几位客，向弘一法师问几时来的，到什么地方去那些话。他的回答总是一句短语；可是殷勤极了，有如倾诉整个心愿。

因为弘一法师是过午不食的，十一点钟就开始聚餐。我看他那曾经挥洒书画弹奏钢琴的手郑重地夹起一荚豇豆来，欢喜满足地送入口中去咀嚼的那种神情，真惭愧自己平时的乱吞胡咽。

"这碟子是酱油吧？"

以为他要酱油，某君想把酱油碟子移到他前面。

"不，是这个日本的居士要。"

果然，这位日本人道谢了，弘一法师于无形中体会到他的愿欲。

石岑先生爱谈人生问题，著有《人生哲学》，席间他请弘一法师谈些关于人生的意见。

"惭愧，"弘一法师虔敬地回答，"没有研究，不能说什么。"

以学佛的人对于人生问题没有研究，依通常的见解，至少是一句笑话。那么，他有研究而不肯说么？只看他那殷勤真挚的神情，见得这样想时就是罪过。他的确没有研究。研究云者，自己站在这东西的外面，而去爬剔、分析、检察这东西的意思。像弘一法师，他一心持律，一心念佛，再没有站到外面去的余裕。哪里能有研究呢？

我想，问他像他这样的生活，觉得达到了怎样一种境界，或者比较落实一点儿。然而健康的人自觉健康，哀乐的当时也不能描状哀乐；境界又岂是说得出的。我就把这意思遣开；从侧面看弘一法师的长髯以及眼边细密的皱纹，出神久之。

饭后，他说约定了去见印光法师，谁愿意去可同去。印光法师这个名字知道得很久了，并且见过他的文抄，是现代净土宗的大师，自然也想见一见。同去者计七八人。

决定不坐人力车，弘一法师拔脚就走，我开始惊异他步履的轻捷。他的脚是赤着的，穿一双布缕缠成的行脚鞋。这是独特健康的象征啊，同行的一群人哪里有第二双这样的脚。

惭愧，我这年轻人常常落在他背后。我在他背后这样想：

他的行止笑语，真所谓纯任自然，使人永不能忘。然而在这背后却是极严谨的戒律。丏尊先生告诉我，他曾经叹息中国的律宗有待振起，可见他是持律极严的。他念佛，他过午不食，都为的持律。但持律而到达非由"外铄"的程度，人就只觉得他一切纯任自然了。

似乎他的心非常之安，躁忿全消，到处自得；似乎他以为这世间十分平和，十分宁静，自己处身其间，甚而至于会把它淡忘。这因为他把所谓万象万事划开了一部分，而生活在留着的一部分内之故。这也是一种生活法，宗教家大概采用这种生活法。

他与我们差不多处在不同的两个世界。就如我，没有他的宗教的感情与信念，要过他那样的生活是不可能的。然而我自以为有点儿了解他，而且真诚地敬服他那种纯任自然的风度。哪一种生活法好呢？这是愚笨的无意义的问题。只有自己的生活法好，别的都不行，夸妄的人却常常这么想。友人某君曾说他不曾遇见一个人他愿意把自己的生活与这个人对调的，这是踌躇满志的话。人本来应当如此，否则浮漂浪荡，岂不像没舵之舟。然而某君又说尤其要紧的是同时得承认别人也未必愿意与我对调。这就与夸妄的人不同了；有这么一承认，非但不菲薄别人，并且致相当的尊敬。彼此因观感而潜移默化的事是有的。虽说各有其生活法，究竟不是不可破的坚壁；所谓圣贤者转移了什么什么人就是这么一回事。但是板着面孔专事菲薄别人的人决不能转移了谁。

到新闸太平寺，有人家借这里办丧事，乐工以为吊客来了，预备吹打起来。及见我们中间有一个和尚，而且问起的也是和尚，才知道误会，说道，"他们都是佛教里的。"

寺役去通报时，弘一法师从包袱里取出一件大袖僧衣来（他平时穿的，袖子与我们的长衫袖子一样），恭而敬之地穿上身，眉宇间异样地静穆。我是欢喜四处看望的，见寺役走进去的沿街的那个房间里，有个躯体硕大的和尚刚洗了脸，背部略微佝着，我想这一定就是了。果然，弘一法师头一个跨进去时，就对这位和尚屈膝拜伏，动作严谨且安详。我心里肃然。有些人以为弘一法师该是和尚里的浪漫派，看见这样可知完全不对。

印光法师的皮肤呈褐色，肌理颇粗，一望而知是北方人：头顶几乎全秃，发光亮；脑额很阔；浓眉底下一双眼睛这时虽不戴眼镜，却用戴了眼镜从眼镜上方射出眼光来的样子看人，嘴唇略微皱瘪，大概六十左右了。弘一法师与印光法师并肩而坐，正是绝好的对比，一个是水样的秀美，飘逸；一个是山样的浑朴，凝重。

弘一法师合掌恳请了，"几位居士都欢喜佛法，有曾经看了禅宗的语录的，今来见法师，请有所开示，慈悲，慈悲。"

对于这"慈悲，慈悲"，感到深长的趣味。

"嗯，看了语录。看了什么语录？"印光法师的声音带有神秘味。我想这话里或者就藏着机锋吧。没有人答应。弘一法师就指石岑先生，说这位先生看了语录的。

石岑先生因说也不专看哪几种语录，只曾从某先生研究过法相宗的义理。

这就开了印光法师的话源。他说学佛须要得实益，徒然嘴里说说，作几篇文字，没有道理；他说人眼前最紧要的事情是了生死，生死不了，非常危险；他说某先生只说自己才对，别人念佛就是迷信，真不应该。他说来声色有点儿严厉，间以呵喝。我想这触动他旧有的忿忿了。虽然不很清楚佛家的"我执""法执"的函蕴是怎样，恐怕这样就有点儿近似。这使我未能满意。

弘一法师再作第二次恳请，希望于儒说佛法会通之点给我们开示。

印光法师说二者本一致，无非教人父慈子孝兄友弟恭等等。不过儒家说这是人的天职，人若不守天职就没有办法。佛家用因果来说，那就深奥得多。行善就有福，行恶就吃苦。人谁愿意吃苦呢？——他的话语很多，有零星的插话，有应验的故事，从其间可以窥见他的信仰与欢喜。他显然以传道者自任，故遇有机缘不惮尽力宣传；宣传家必有所执持又有所排抵，他自也不免。弘一法师可不同，他似乎春原上一株小树，毫不愧怍地欣欣向荣，却没有凌驾旁的卉木而上之的气概。

在佛徒中，这位老人的地位崇高极了，从他的文抄里，见有许多的信徒恳求他的指示，仿佛他就是往生净土的导引者。这想来由于他有很深的造诣，不过我们不清楚。但或者还有别一个原因。一般信徒觉得那个"佛"太渺远了，虽然一心皈依，总不免感到空虚；而印光法师却是眼睛看得见的，认他就是现世的"佛"，虔敬崇奉，亲接謦欬，这才觉得着实，满足了信仰的欲望。故可以说，印光法师乃是一般信徒用意想来装塑成功的偶像。

弘一法师第三次"慈悲，慈悲"地恳求时，是说这里有讲经义的书，可让居士们"请"几部回去。这个"请"字又有特别的味道。

房间的右角里，装钉作似的，线装、平装的书堆着不少：不禁想起外间纷纷飞散的那些宣传品。由另一位和尚分派，我分到黄智海演述的《阿弥陀经白话解释》，大圆居士说的《般若波罗密多心经口义》，李荣祥编的《印光法师嘉言录》三种。中间《阿弥陀经白话解释》最好，详明之至。

于是弘一法师又屈膝拜伏，辞别。印光法师颠着头，从不大敏捷的动作上显露他的老态。待我们都辞别了走出房间，弘一法师伸两手，郑重而轻捷地把两扇门拉上了。随即脱下那件大袖的僧衣，就人家停放在寺门内的包车上，方正平帖地把它摺好包起来。

弘一法师就要回到江湾子恺先生的家里，石岑先生予同先生和我就向他告别。这位带有通常所谓仙气的和尚，将使我永远怀念了。

我们三个在电车站等车，滑稽地使用着"读后感"三个字，互诉对于这两位法师的感念。就是这一点，已足证我们不能为宗教家了，我想。

（选自《叶圣陶散文甲集》，四川人民出版社1983年版）

谈弘一法师临终偈语

叶圣陶

　　我不参佛法，对于信佛的人只能同情，对于自己，相信永远是"教宗勘慕信难起"（拙诗《天地》一律之句）的了。也曾听人说过修习净土的道理，随时念佛，临命终时，一心不乱，以便往生净土。话当然没有这么简单，可是几十年来我一直有个总印象：净土法门教人追求"好好的死"。我自信平凡，还是服膺"未知生，焉知死"的说法。"好好的死"似不妨放慢些，我们就人论人，最要紧的还在追求"好好的活"。修习净土的或者都追求"好好的活"，只是我很少听见说起。

　　弘一法师临终作偈两首，第二首的后两句是"华枝春满，天心月圆"。照我的看法，这是描绘他的生活，说明他的生活体验：他入世一场，经历种种，修习种种，到他临命终时，正当"春满""月圆"的时候。这自然是"好好的死"，但是"好好的死"源于"好好的活"。他临终前又写了"悲欣交集"四字，我以为这个"欣"字该作如下解释：一辈子"好好的活"了，到如今"好好的死"了，欢喜满足，了无缺憾。无论信教不信教，只要是认真生活的人，谁不希望他的生活达到"春满""月圆"的境界？而弘一法师真的达到这种境界了。他的可敬可佩，照我不参佛法的人说，就在于此。我曾作四言两首颂赞他，就根据这个意思，现在重抄在这儿。

"华枝春满，天心月圆"。

其谢与缺，罔非自然。

至人参化，以入涅槃。

此境胜美，亦质亦玄。

"悲欣交集"，遂与世绝。

悲见有情，欣证悼悦。

一贯真俗，体无差别。

嗟哉法师，不可言说。

（选自《叶圣陶散文甲集》，四川人民出版社1983年版）

南闽十年之梦影

弘一法师

　　我一到南普陀寺，就想来养正院和诸位法师讲谈讲谈，原定的题目是《余之忏悔》，说来话长，非十几小时不能讲完；近来因为讲律，须得把讲稿定好，总抽不出一个时间来，心里又怕负了自己的初愿，只好抽出很短的时间，来和诸位谈谈，谈我在南闽十年中的几件事情！

　　我第一回到南闽，在民国十七年的十一月，是从上海来的。起初还是在温州，我在温州住得很久，差不多有十年光景。

　　由温州到上海，是为着编辑《护生画集》的事，和朋友商量一切；到十一月底，才把《护生画集》编好。

　　那时我听人说：尤惜阴居士也在上海。他是我旧时很要好的朋友，我就想去看一看他。一天下午，我去看尤居士，居士就要到暹罗国去，

佛佛道道 | 189

第二天一早就要动身的。我听了觉得很喜欢，于是也想和他一道去。

我就在十几小时中，急急地预备着。第二天早晨，天还没大亮，在赶到轮船码头，和尤居士一起动身到暹罗国去了。从上海到暹罗，是要经过厦门的，料不到这就成了我来厦门的因缘。十二月初，到了厦门，承陈敬贤居士的招待，也在他们的楼上吃过午饭，后来陈居士就介绍我到南普陀寺来。那时的南普陀，和现在不同，马路还没有建筑，我是坐着轿子到寺里来的。

到了南普陀寺，就在方丈楼上住了几天。时常来谈天的，有性愿老法师、芝峰法师……等。芝峰法师和我同在温州，虽不曾见过面，却是很相契的。现在突然在南普陀寺晤见了，真是说不出的高兴。

我本来是要到暹罗去的，因着诸位法师的挽留，就留滞在厦门，不想到暹罗国去了。

在厦门住了几天，又到小雪峰那边去过年。一直到正月半以后才回到厦门，住在闽南佛学院的小楼上，约莫住了三个月工夫。看到院里面的学僧虽然只有二十几位，他们的态度都很文雅，而且很有礼貌，和教职员的感情也很不差，我当时很赞美他们。

这时芝峰法师就谈起佛学院里的课程来。他说：

"门类分得很多，时间的分配却很少，这样下去，怕没有什么成绩吧！"

因此，我表示了一点意见，大约是说：

"把英文和算术等删掉，佛学却不可减少，而且还得增加，就把腾出来的时间教佛学。"

他们都很赞成。听说从此以后，学生们的成绩，确比以前好得多了！

我在佛学院的小楼上，一直住到四月间，怕将来的天气更会热起来，于是又回到温州去。

第二回到南闽，是在民国十八年十月。起初在南普陀寺住了几天，以后因为寺里要做水陆，又搬到太平岩去住。等到水陆圆满，又回到寺里，在前面的老功德楼住着。

当时闽南佛学院的学生，忽然增加了两倍多，约有六十多位，管理方面不免感到困难。虽然竭力的整顿，终不能恢复以前的样子。

不久，我又到小雪峰去过年，正月半才到承天寺来。

那时性愿老法师也在承天寺，在起草章程，说是想办什么研究社。

不久，研究社成立了，景象很好，真所谓人才济济，很有一种难以形容的盛况。现在妙释寺的善契师，南山寺的传证师，以及已故南普陀寺的广究师，……都是那时候的学僧哩！

研究社初办的几个月间，常住的经忏很少，每天有工夫上课，所以成绩卓著，为别处所少有。

当时我也在那边教了两回写字的方法，遇有闲空，又拿寺里那些古版的藏经来整理整理，后来还编成目录，至今留在那边。这样在寺里约莫住了三个月，到四月，怕天气要热起来，又回到温州去。

民国二十年九月，广洽法师写信来，说很盼望我到厦门去。当时，我就从温州动身到上海，预备再到厦门；但许多朋友都说：时局不大安定，远行颇不相宜，于是我只好仍回温州。直到转年（即民国二十一年）十月，到了厦门，计算起来，已是第三回了！

到厦门之后，由性愿老法师介绍，到山边岩去住；但其间妙释寺也去住了几天。

那时我虽然没有到南普陀来住；但佛学院的学僧和教职员，却是常常来妙释寺谈天的。

民国二十二年正月廿一日，我开始在妙释寺讲律。

这年五月，又移到开元寺去。

当时许多学律的僧众，都能勇猛精进，一天到晚的用功，从没有空过的工夫；就是秩序方面也很好，大家都啧啧的称赞着。

有一天，已是黄昏时候了！我在学僧们宿舍前面的大树下立着，各房灯火发出很亮的光；诵经之声，又复朗朗入耳，一时心中觉得有无限的欢慰！可是这种良好的景象，不能长久的继续下去，恍如昙花一现，不久就消失了。但是当时的景象，却很深的印在我的脑中，现在回想起来，还如在大树底下目睹一般。这是永远不会消灭、永远不会忘记的啊！

十一月，我搬到草庵来过年。

民国二十三年二月，又回到南普陀。

当时旧友大半散了；佛学院中的教职员和学僧，也没有一位认识的！

我这一回到南普陀寺来，是准了常惺法师的约，来整顿僧教育的。后来我观察情形，觉得因缘还没有成熟，要想整顿，一时也无从着手，所以就作罢了。此后并没有到闽南佛学院去。

讲到这里，我顺便将我个人对于僧教育的意见，说明一下：

我平时对于佛教是不愿意去分别那一宗、那一派的，因为我觉得各宗各派，都各有各的长处。

但是有一点，我以为无论那一宗那一派的学僧，却非深信不可，那就是佛教的基本原则，就是深信善恶因果报应的道理——善有善报，恶有恶报；同时还须深信佛菩萨的灵感！这不仅初级的学僧应该这样，就是升到佛教大学也要这样！

善恶因果报应和佛菩萨的灵感道理，虽然很容易懂；可是能彻底相信的却不多。这所谓信，不是口头说说的信，是要内心切切实实去信的呀！

咳！这很容易明白的道理，若要切切实实地去信，却不容易啊！

我以为无论如何，必须深信善恶因果报应和诸佛菩萨灵感的道理，才有做佛教徒的资格！

须知善有善报，恶有恶报，这种因果报应，是丝毫不爽的！又须知我们一个人所有的行为，一举一动，以至起心动念，诸佛菩萨都看得清清楚楚！

一个人若能这样十分决定地信着，他的品行道德，自然会一天比一天地高起来！

要晓得我们出家人，就所谓"僧宝"，在俗家人之上，地位是很高的。

所以品行道德，也要在俗家人之上才行！

倘品行道德仅能和俗家人相等，那已经难为情了！何况不如！又何况十分的不如呢！……咳！……这样他们看出家人就要十分的轻慢，十分的鄙视，种种讥笑的话，也接连的来了……

记得我将要出家的时候，有一位住在北京的老朋友写信来劝告我，我知道他劝告的是什么，他说：

"听到你要不做人，要做僧去……"

咳！……我们听到了这话，该是怎样的痛心啊！他以为做僧的，都不是人，简直把僧不当人看了！你想，这句话多么厉害呀！

出家人何以不是人？为什么被人轻慢到这地步？我们都得自己反省一下！我想：这原因都由于我们出家人做人太随便的缘故；种种太随便了，就闹出这样的话柄来了。

至于为什么会随便呢？那就是由于不能深信善恶因果报应和诸佛菩萨灵感的道理的缘故。倘若我们能够真正生信，十分决定的信，我想就是把你的脑袋斫掉，也不肯随便的了！

以上所说，并不是单单养正院的学僧应该牢记，就是佛教大学的学僧也应该牢记，相信善恶因果报应和诸佛菩萨灵感不爽的道理！

就我个人而论，已经是将近六十的人了，出家已有二十年，但我依旧喜欢看这类的书！——记载善恶因果报应和佛菩萨灵感的书。

我近来省察自己，觉得自己越弄越不像了！所以我要常常研究这一类的书，希望我的品行道德，一天高尚一天；希望能够改过迁善，做一个好人；又因为我想做一个好人，同时我也希望诸位都做好人！

这一段话，虽然是我勉励我自己的，但我很希望诸位也能照样去实行！

关于善恶因果报应和佛菩萨灵感的书，印光老法师在苏州所办的弘化社那边印得很多，定价也很低廉，诸位若要看的话，可托广洽法师写信去购请，或者他们会赠送也未可知。

以上是我个人对于僧教育的一点意见。下面我再来说几样事情：

我于民国二十四年到惠安净峰寺去住。到十一月，忽然生了一场大病，所以我就搬到草庵来养病。

这一回的大病，可以说是我一生的大纪念！

我于民国二十五年的正月，扶病到南普陀寺来。在病床上有一只钟，比其他的钟总要慢两刻，别人看到了，总是说这个钟不准，我说：

"这是草庵钟。"

别人听了"草庵钟"三字还是不懂，难道天下的钟也有许多不同的么？现在就让我详详细细的来说个明白：

我那一回大病，在草庵住了一个多月。摆在病床上的钟，是以草庵的钟为标准的。而草庵的钟，总比一般的钟要慢半点。

我以后虽然移到南普陀，但我的钟还是那个样子，比平常的钟慢两刻，所以"草庵钟"就成了一个名词了。这件事由别人看来，也许以为是很好笑的吧！但我觉得很有意思！因为我看到这个钟，就想到我在草庵生大病的情形了，往往使我发大惭愧，惭愧我德薄业重。

我要自己时时发大惭愧，我总是故意地把钟改慢两刻，照草庵那钟的样子，不止当时如此，到现在还是如此，而且愿尽形寿常常如此。

以后在南普陀住了几个月，于五月间，才到鼓浪屿日光岩去。十二月仍回南普陀。

到今年民国二十六年，我在闽南居住，算起来，首尾已是十年了。

回想我在这十年之中，在闽南所做的事情，成功的却是很少很少，残缺破碎的居其大半，所以我常常自己反省，觉得自己的德行，实在十分欠缺！

因此近来我自己起了一个名字，叫"二一老人"。什么叫"二一老人"呢？这有我自己的根据。

记得古人有句诗：

一事无成人渐老。

清初吴梅村（伟业）临终的绝命词有：

一钱不值何消说。

这两句诗的开头都是"一"字，所以我用来做自己的名字，叫做"二一老人"。

因此我十年来在闽南所做的事，虽然不完满，而我也不怎样地去求他完满了！

诸位要晓得：我的性情是很特别的，我只希望我的事情失败，因为事情失败、不完满，这才使我常常发大惭愧！能够晓得自己的德行欠缺，自己的修善不足，那我才可努力用功，努力改过迁善！

一个人如果事情做完满了，那么这个人就会心满意足，洋洋得意，反而增长他贡高我慢的念头，生出种种的过失来！所以还是不去希望完满的好！

不论什么事，总希望他失败，失败才会发大惭愧！倘若因成功而得意，那就不得了啦！

我近来，每每想到"二一老人"这个名字，觉得很有意味！

这"二一老人"的名字，也可以算是我在闽南居住了十年的一个最好的纪念！

（原刊1937年《佛教公论》一卷九号，

录自《晚晴老人讲演录》）

我与弘一法师

丰子恺

——在厦门佛学会讲

弘一法师是我学艺术的教师,又是我信宗教的导师。我的一生,受法师影响很大。厦门是法师近年经行之地,据我到此三天内所见,厦门人士受法师的影响也很大,故我与厦门人士不啻都是同窗弟兄。今天佛学会要我演讲,我惭愧修养浅薄,不能讲弘法利生的大义,只能把我从弘一法师学习艺术宗教时的旧事,向诸位同窗弟兄谈谈,还请赐我指教。

我十七岁入杭州浙江第一师范,廿岁毕业以后没有升学。我受中等学校以上学校教育,只此五年。这五年间,弘一法师,那时称为李叔同先生,便是我的图画音乐教师。图画音乐两科,在现在的学校里是不很看重的;但是奇怪得很,在当时我们的那间浙江第一师范里,看得比英、国、算还重。我们有两个图画专用的教室，许多石膏模型，两架钢琴，五十几架风琴。我们每天要花一小时去练习图画，花一小时以上去练习弹琴。大家认为当然，恬不为怪，这是什么原故呢？因为李先生的人格和学问，统制了我们的感情，折服了我们的心。他从来不骂人，从来不责备人，态度谦恭，同出家后完全一样；然而个个学生真心的怕他，真心地学习他，真心地崇拜他。我便是其中之一人。因为就人格讲，他的当教师不为名利，为当教师而当教师，用全副精力去当教师。就学问讲，他博学多能，其国文比国文先生更高，其英文比英文先生更高，其历史比历史先生更高，其常识比博物先生更富，又是书法金石的专家，中国话剧的鼻祖。他不是只能教图画音乐，他是拿许多别的学问为背景而教他的图画音乐。夏丏尊先生曾经说："李先生的教师，是有后光的。"像佛菩萨那样有后光，怎不教人崇拜呢？而我的崇拜他，更甚于他人。大约是我的气质与李先生有一点相似，凡他所欢喜的，我都欢喜。我在师范学校，一二年级都考第一名；三年以后忽然降到第二十名，因为我旷废了许多师范生的功课，而专心于李先生所喜的文学艺术，一直到毕业。毕业后我无力升大学，借了些钱到日本去游玩，没有进学校，看了许多画展，听了许多音乐会，买了许多文艺书。一年以后回国，一方面当教师，一方面埋头自习，一直自学到现在，对李先生的艺术还是迷恋不舍。李先生早已由艺术而升华到宗教而成正果，而我还彷徨在艺术宗教的十字街头自己想想，真是一个不肖的学生。

他怎么由艺术升华到宗教呢？当时人都诧异，以为李先生受了什么刺激，忽然"遁入空门"了。我却能理解他的心，我认为他的出家是当然。

我以为人的生活，可以分作三层：一是物质生活，二是精神生活，三是灵魂生活。物质生活就是衣食。精神生活就是学术文艺。灵魂生活就是宗教。"人生"就是这样的一个三层楼。懒得（或无力）走楼梯的，就住在第一层，即把物质生活弄得很好，锦衣玉食，尊荣富贵，孝子贤孙，这样就满足了。这也是一种人生观。抱这样的人生观的人，在世间占大多数。其次，高兴（或有力）走楼梯的，就爬上二层楼去玩玩，或者久居在里头。这就是专心学术文艺的人。他们把全力贡献于学问的研究，把全心寄托于文艺的创作和欣赏。这样的人，在世间也很多，即所谓"知识分子"、"学者"、"艺术家"。还有一种人，"人生欲"很强，脚力很大，对二层楼还不满足，就再走楼梯，爬上三层楼去。这就是宗教徒了。他们做人很认真，满足了"物质欲"还不够，满足了"精神欲"还不够，必须探求人生的究竟。他们以为财产子孙都是身外之物，学术文艺都是暂时的美景，连自己的身体都是虚幻的存在。他们不肯做本能的奴隶，必须追究灵魂的来源，宇宙的根本，这才能满足他们的"人生欲"。这就是宗教徒——世间就不过这三种人。我虽用三层楼为比喻，但并非必须从第一层到第二层，然后得到第三层。有很多人，从第一层直上第三层并不需要在第二层勾留。还有许多人连第一层也不住，一口气跑上三层楼。不过我们的弘一法师，是一层一层的走上去的。弘一法师的"人生欲"非常之强！他的做人，一定要做得彻底，他早年对母尽孝对妻子尽爱，安住在第一层中。中年专心研究艺术，发挥多方面的天才，便是迁居在二层楼了。强大的"人生欲"不能使他满足于二层楼，于是爬上三层楼去，做和尚修净土，研戒律，这是当然的事，毫不足怪的。做人好比喝酒；酒量小的，喝一杯花雕酒已经醉了，酒量大的，喝花雕嫌淡，必须喝高粱酒才能过瘾。文艺好比是花雕，宗教好比是高粱。弘一法师酒量很大，喝花雕不能过瘾，必须喝高粱。我酒量很小，只能喝花雕，难以喝一口高粱而已。但喝花雕的人，颇能理解喝高粱者的心。故我对于弘一法师的由艺术升华到宗教，一向认为当然，毫不足怪的。

艺术的最高点与宗教相接近。二层楼的扶梯的最后顶点就是三层楼。所以弘一法师由艺术升华到宗教，是必然的事。弘一法师在闽中，留下不少的墨宝。这些墨宝，在内容上是宗教的，在形式上是艺术的——书法。闽中人士久受弘一法师的熏陶，大都富有宗教信仰及艺术修养，我这初次入闽的人，看见这情形，非常歆羡，十分钦佩！

前天参拜南普陀寺，承广洽法师的指示，瞻观弘一法师的故居及其手种杨柳，又看到他所创办的佛教养正院。广义法师要我为养正院书联，我就集唐人诗句："须知诸相皆非相，能使无情尽有情"，写了一副。这对联挂在弘一法师所创办的佛教养正院里我觉得很适当。因为上联说佛经，下联说艺术，很可表明弘一法师由艺术升华到宗教的意义。艺术家看了花笑，听见鸟语，举杯邀明月，开门迎白云，能把自然当做人看，能化无情为有情，这便是"物我一体"的境界。更进一步，便是"万法从心""诸相非相"的佛教真谛了。故艺术的最高点与宗教相通。最高的艺术家有言："无声之诗无一字，无形之画无一笔。"可知吟诗描画，平平仄仄，红红绿绿，原不过是雕虫小技，艺术的皮毛而已。艺术的精神，正是宗教的。古人云："文章一小技，于道未为尊。"又曰："太上立德，其次立言。"弘一法师教人，亦常引用儒家语："士先器识而后文艺。"所谓"文章"、"言"、"文艺"，便是艺术；所谓"道"、"德"、"器识"，正是宗教的修养。宗教与艺术的高下重轻，在此已经明示；三层楼当然在二层楼之上的。

我脚力小，不能追随弘一法师上三层楼，现在还停留在二层楼上，斤斤于一字一笔的小技，自己觉得很惭愧。但亦常常勉力爬上扶梯，向三层楼上望望。故我希望：学宗教的人，不须多花精神去学艺术的技巧，因为宗教已经包括艺术了。而学艺术的人，必须进而体会宗教的精神，其艺术方有进步。久驻闽中的高僧，我所知道的还有一位太虚法师。他是我的小同乡，从小出家的。他并没有弄艺术，是一口气跑上三层楼的。但他与弘一法师，同样是旷世的高僧，同样地为世人所景仰。可知在世间，宗教高于一切。在人的修身上，器识重于一切。太虚法师与弘一法师，异途同归，各成正果。文艺小技的能不能，在大人格上是毫不足道的。我愿与闽中人士以二法师为模范而共同勉励。

（选自《弘一法师》，文物出版社1984年10月版）

以出世的精神，做入世的事业

——纪念弘一法师

朱光潜

　　弘一法师是我国当代我所最景仰的一位高士。一九三二年，我在浙江上虞白马湖春晖中学当教员时，有一次弘一法师曾游到白马湖访问在春晖中学里的一些他的好友，如经子渊、夏丏尊和丰子恺。我是丰子恺的好友，因而和弘一法师有一面之缘。他的清风亮节使我一见倾心，但不敢向他说一句话。他的佛法和文艺方面的造诣，我大半从子恺那里知道的。子恺转送给我不少的弘一法师练字的墨迹，其中有一幅是《大方广佛华严经》中的一段偈文，后来我任教北京大学时，萧斋斗室里悬挂的就是法师书写的这段偈文，一方面表示我对法师的景仰，同时也作为我的座右铭。时过境迁，这些纪念品都荡然无存了。

我在北平大学任教时，校长是李麟玉，常有往来，我才知道弘一法师在家时名叫李叔同，就是李校长的叔父。李氏本是河北望族，祖辈曾在清朝做过大官，从此我才知道弘一法师原是名门子弟，结合到我见过的弘一法师在日本留学时代的一些化装演剧的照片和听到过的乐曲和歌唱的录音，都有年少翩翩的风度，我才想到弘一法师少年时有一度是红尘中人，后来出家是看破红尘的。

弘一法师是一九四二年在福建逝世的，一位泉州朋友曾来信告诉我，弘一法师逝世时神智很清楚，提笔在片纸上写"悲欣交集"四个字便转入涅槃了。我因此想到红尘中人看破红尘而达到"悲欣交集"即功德圆满，是弘一法师生平的三部曲。我也因此看到弘一法师虽是看破红尘，却绝对不是悲观厌世。

我自己在少年时代曾提出"以出世精神做入世事业"作为自己的人生理想。这个理想的形成当然不止一个原因，弘一法师替我写的《华严经》偈对我也是一种启发。佛终生说法，都是为救济众生，他正是以出世精神做入世事业的。入世事业在分工制下可以有多种，弘一法师从文化思想这个根本上着眼。他持律那样谨严，一生清风亮节会永远严顽立懦，为民族精神文化树立了丰碑。

中日两国在文化史上是分不开的。弘一法师曾在日本度过他的文艺见习时期，受日本文艺传统的影响很深，他原来又具有中国传统文化的陶冶。我默祝趁这次展览的机会，日本朋友们能回溯一下日本文化传统对弘一法师的影响，和我们一起来使中日交流日益发挥光大。

（选自《弘一法师》，文物出版社1984年10月版）

编辑附记

　　本套"漫说文化丛书"由陈平原、钱理群、黄子平教授分别编选。

　　为了尊重原作，除了个别标点及明显的排印错误外，本丛书的一些习惯用法及其措辞均依旧原文排印，其中个别不符合当下习惯者，请读者谅解。

　　另外，其中有部分选文的作者出版方暂时联系不到，此部分稿酬暂存出版方。敬请有关作者看到后与我们联系，届时将按地址奉呈稿酬。

著者简介

梁启超 ◎ 1873 — 1929

字卓如，一字任甫，号任公，又号饮冰室主人、饮冰子、哀时客、中国之新民、自由斋主人。清朝光绪年间举人，中国近代思想家、政治家、教育家、史学家、文学家。戊戌变法（百日维新）领袖之一、中国近代维新派、新法家代表人物。

代表作品｜《中国近三百年学术史》、《中国历史研究法》

许地山 ◎ 1893 — 1941

名赞堃，字地山，笔名落华生。出生于台湾台南，成长于闽粤两地。

现代文学史上一位别具一格的小说家、散文家，在学术研究上亦颇有建树。

许地山一生创作的文学作品多以闽、台、粤和东南亚、印度为背景。

代表作品｜《危巢坠简》《空山灵雨》《道教史》等。

夏丏尊 ◎ 1886 — 1946

浙江绍兴上虞人。名铸，字勉旃，后改字丏尊，号闷庵。

文学家、语文学家、出版家和翻译家。开明书社创办人之一，创办《中学生》杂志。一生致力于教育，矢志不渝。曾与鲁迅先生等参加反对尊孔复古的"木瓜之役"。

代表作品｜《白马湖之冬》《文艺论 ABC》等。

丰子恺 ◎ 1898－1975

浙江嘉兴石门镇人。原名丰润，又名仁、仍，号子觊，后改为子恺，笔名 TK，以中西融合画法创作漫画而著名。

其自幼爱好美术，后师从李叔同，也因此结缘佛学，故乡居所命名"缘缘堂"。"一片片的落英，都含蓄着人间的情味。"（俞平伯评）

代表作品 | 《缘缘堂随笔》《画中有诗》等。

鲁　迅 ◎ 1881－1936

浙江省绍兴人。原名周树人，字豫才，小名樟寿，至三十八岁，始用鲁迅为笔名。

文学家、思想家。1918年发表首篇白话小说《狂人日记》，震动文坛。此后18年，笔耕不缀，在小说、散文、杂文、散文诗、旧体诗、外国文学翻译及古籍校勘等方面贡献卓著，创作的众多文学形象深入人心。他的作品有不朽的魅力，直到今天，依然拥有众多读者。

代表作品 | 《朝花夕拾》《呐喊》《彷徨》等。

唐　弢 ◎ 1913－1992

原名唐端毅，曾用笔名风子、晦庵等，生于浙江省镇海县。

著名作家、文学理论家、鲁迅研究家和文学史家。所著杂文思想、艺术均深受鲁迅影响，针砭时弊，议论激烈，有时也含抒情，意味隽永，社会性、知识性、文艺性兼顾。

代表作品 | 《推背集》《海天集》等。

朱自清 ◎ 1898 － 1948

祖籍浙江绍兴，原名自华，字佩弦，号实秋。

中国现代文学史上杰出的散文家、诗人。21岁开始发表诗歌并出版诗集。27岁时执教于清华大学，研究中国古典文学，创作则以散文为主。

其散文名篇脍炙人口，是真正深入街头巷尾的文学经典，被誉为"天地间至情文学"。

代表作品｜《背影》《你我》《欧游杂记》等。

马南邨 ◎ 1912 － 1966

即邓拓，原名邓子健，笔名叫马南邨、邓云特，福建闽侯人。

当代杰出的新闻工作者、政论家、历史学家、诗人和杂文家。

代表作品｜《不求甚解》等。

周作人 ◎ 1885 － 1967

原名櫆寿，字星杓，后改名奎绥，自号起孟、启明、知堂等。鲁迅之弟，周建人之兄。

周作人精通日语、古希腊语、英语，并曾自学古英语、世界语。其致力于研究日本文化五十余年，深得日本文学理念的精髓。其笔触近似于日本传统文学，以温和、冲淡之笔，把玩人生的苦趣。

代表作品｜《艺术与生活》《苦竹杂记》等。

废 名 ◎ 1901－1967

湖北黄梅人，原名冯文炳。20 世纪中国文学史上最有影响力的文学家之一，曾为语丝社成员，师从周作人等，在文学史上被视为"京派文学"的鼻祖。

废名的小说、散文、诗歌都有极高的造诣。其独特的创作风格人称"废名风"，对沈从文、汪曾祺以及后来的贾平凹等都产生过影响。

代表作品｜《竹林的故事》《桥》《莫须有先生传》等。

徐志摩 ◎ 1897－1931

浙江海宁人，原名章垿，字槱森，小字又申，赴美留学前改名志摩。

现代诗人、散文家，新月社发起人之一，曾任北大教授。

除在新诗方面取得卓越成就外，文学创作还涉猎散文、小说、戏剧、翻译等领域。

代表作品｜《再别康桥》《翡冷翠的一夜》等。

徐祖正 ◎ 1895－1978

江苏昆山人。字耀辰，又作曜辰。作家，翻译家，北大日语系的元老，教授过季羡林先生《文艺学概论》。被称为"五四"运动时期的文坛勇士。

在日本留学时和郁达夫、郭沫若等共同组织了创造社；回国后与鲁迅、周作人知交莫逆，与钱玄同、沈尹默、刘半农、俞平伯、张凤举等学者教授过从甚密。

代表作品｜《兰生弟的日记》等。

祖 慰 ◎ 1937 —

原名张祖慰，原籍江苏。文学家、设计师。

代表作品｜《蛇仙》《啊！父老弟》等。

贾平凹 ◎ 1952 —

原名贾平娃，陕西省丹凤县人。

当代文坛屈指可数的文学大家和文学奇才，具有广泛影响力。

代表作品｜《秦腔》《怀念狼》等。

汪曾祺 ◎ 1920 — 1997

江苏高邮人士，京派作家的代表人物，师从沈从文等。被誉为"抒情的人道主义者，中国最后一个纯粹的文人，中国最后一个士大夫"。

他生于江南，居于京城，遍历战乱，饱尝荣辱。却用一生的沉淀，写出至淡至浓的优雅与情致。

代表作品｜《受戒》《沙家浜》《大淖记事》等。

杨 度 ◎ 1875－1931

原名杨承瓒，后改名为杨度，字皙子，别号虎公、虎禅，又号虎禅师、虎头陀、释虎。出生于湖南省湘潭县。

是中国近代史上一个极富争议性的人物，才华卓绝，抱负不凡，旷代逸才。

代表作品｜《君宪救国论》《湖南少年歌》

章太炎 ◎ 1869－1936

浙江余杭人。原名学乘，字枚叔，后易名为炳麟。世人常称之为"太炎先生"。

清末民初民主革命家、思想家、著名学者，一代国学大师，研究范围涉及小学、历史、哲学、政治等等，著述甚丰。学生中知名的包括黄侃、钱玄同、吴承仕、鲁迅等。

代表作品｜《国故论衡》《章太炎医论》等。

柳亚子 ◎ 1887－1958

江苏苏州人，原名慰高，字安如，号亚子。

著名诗人，创办并主持南社。

代表作品｜《磨剑室诗词集》《磨剑室文录》等。

冯 至 ◎ 1905－1993

原名冯承植，直隶涿州人。

诗人，翻译家，教授。冯至的诗歌、小说与散文均十分出色，鲁迅先生曾称誉他为"中国最为杰出的抒情诗人"。

代表作品｜《昨日之歌》《十四行集》等。

叶圣陶 ◎ 1894－1988

原名叶绍钧，字秉臣，后字圣陶。江苏苏州人。著名作家、教育家、文学出版家和社会活动家，有"优秀的语言艺术家"之称。

他的散文或写世抒情，或状物记人，或议事说理，一般都有较为深厚的社会人生内容和脚踏实地的精神；艺术上则主要显示出平淡隽永的情趣和平朴纯净的语言风格。

代表作品｜《隔膜》《脚步集》等。

弘一法师 ◎ 1880 - 1942

俗名李叔同，字息霜，别号漱筒。祖籍浙江平湖，生于天津。

一生 63 载，半缘艺术半缘佛。在俗 39 年，集诗、词、书画、篆刻、音乐、戏剧、文学于一身，在多个领域，开近代文化艺术之先河；在佛 24 年，是佛教律宗的第十一世祖师，享誉海内外。其心灵修养与智慧方面的诸多作品都经久流传，深入人心。

代表作品｜《送别》《三宝歌》等。

朱光潜 ◎ 1897 - 1986

笔名孟实。著名美学家、文艺理论家、教育家、翻译家。安徽桐城人。

他以自己深湛的研究沟通了西方美学和中国传统美学，是现当代极负盛名并赢得崇高国际声誉的美学大师。

代表作品｜《谈美》《谈美书简》《谈修养》等。

想　象　之　外　品　质　文　字

佛佛道道

策　　划 ｜ 领读文化　　　　　　执行编辑 ｜ 领读_屈美佳

责任编辑 ｜ 孟繁强　　　　　　版式设计 ｜ 领读_蒙海星

封面设计 ｜ 好谢翔工作室

更多品质好书关注：
官方微博 @领读文化　官方微信 ｜ 领读文化